博士の長靴

JN148103

ポプラ文庫

博士の長靴

目次

一九五八年

立春

わたしには下を向いて歩く癖がある。

癖というのは往々にして、無意識のうちに身についてしまっていることが多いものだけれど、これに限ってはそうではない。いつからこの癖がついたのか、わたしははっきりと覚えている。

中学校を卒業し、はじめてお勤めした先でのことだ。旦那様は銀行の支店長、奥様は華道の家元をなさっている、裕福なおうちだった。

わたしたち若い女中がご家族と直接やりとりする機会はめったになく、その意向は女中頭の口から伝えられた。戦前から一家にお仕えしているという彼女は、広い邸宅の隅々まで知り尽くし、的確な指示を与えた。公平で気さくで面倒見もよく、しかし仕事にはめっぽう厳しい。多忙な奥様にかわって家事の一切をとりしきっていることに、誇りと責任を感じていたのだろう。

わたしは主に掃除を担当することになり、畳の掃きかた、窓の拭きかた、はたきや雑巾の扱いまで、みっちりとしこまれた。来る日も来る日も、見よう見まねで必死に手を動かしているうちに、少しずつ上達していくのが自分でもわかった。勉強や運動と同じだ。要領がつかめると、自ずとやる気もわいてきた。がんばった分だけ着実に家の中がきれいになる、その明快な手ごたえも気に入った。浴槽がつるつるに磨きあがったときや、頑固なガラスの曇りが跡形もなく消えたときには、爽快な気分を味わえる。

とはいえ、家事全般の宿命として、掃除にも終わりというものがない。拭いたり掃いたりするそばから埃《ほこり》は積もる。たとえ箒《ほうき》や雑巾を手にしていないときでも注意深く周囲に目を配るように、と女中頭はわたしに言い渡した。

その言いつけを、わたしは忠実に守った。日が経つにつれ、わたしなりの職業意識というのか、矜持《きょうじ》のようなものも芽生えた。他の用事をこなす合間にも、部屋の床が汚れていないか、廊下に塵《ちり》や髪の毛が落ちていないか、目を光らせた。背がまるまって辛気くさいと同僚たちに陰口をたたかれたり、癇性《かんしょう》すぎるとからかわれたりするはめになったが、いったんしみついた習慣は変えられない。

でも今になってみれば、それでよかったのだと思う。

立派なお屋敷を少しでも美しく清潔に保つために、丹誠こめて働く様子は、ちゃんと見られていたらしい。おかげで、こうして新しい働き口を世話してもらえたのだ。

藤巻《ふじまき》のお宅に通いはじめて、ちょうど一週間になる。

昨年の末、わたしは勤続五年目にして、支店長のお屋敷を去らねばならなくなった。追い出されるようなへまをしたわけではなく、旦那様の転勤で、ご家族ともども関西に引っ越すと決まったのだ。新居についていく女中頭を除き、使用人はいっせいにお役御免となった。ただし、そのうち数人は、旦那様や奥様のお知りあいに紹介してもらえたのだった。

働きぶりを認められた証《あかし》のようで、うれしかった。経済的にも助かった。同時に、気がひきしまった。しっかりやらなければ、口を利いて下さった旦那様方にも、わたしを迎え入れて下さった藤巻家にも、申し訳が立たない。

「スミさんのお掃除は丁寧ね」

昨日、藤巻の奥様がほめて下さった。

この家に女中頭はいない。頭もなにも、働いているのはわたしだけだ。掃除と洗濯を任されている。炊事は、食材の買いものも含めて奥様の役目である。

家中の掃除に加えて洗濯まで、たったひとりで手が回るものかと心もとなかったけれど、これまでよりもかえって楽なくらいだった。広大な支店長宅と比べてこぢんまりとした家――もちろん、わたしの住まいに比べれば大豪邸だが――だし、日々の掃除が必要な部屋数もさほど多くない。その上、あまり汚れていない。洗濯も然《しか》りで、拍子抜けするほど簡単に片づく。おまけにこの家には電気洗濯機がある。

支店長一家は、手のかかる幼い子どもたちも含め、四世代の同居する大所帯だった。片や藤巻家は五十代の母親と社会人の息子のふたり暮らしだ。お勤め先は、大学の研究室だという。朝わたしが出勤してくる時間にはすでに家を出た後で、夕方お暇《いとま》するときはまだ帰宅していないから、いまだに一度も顔を合わせていない。日中に訪ねてくる客人もなく、家はしんと静まり返っている。いささか落ち着かなくなってくるくらいに。

今日はからりと晴れて、洗濯日和だ。

裏庭に洗濯物を干し、ついでに植木の水やりもしてから、屋内の掃除にとりかかる。バケツに水を張り、雑巾をすすいで固くしぼる。ありったけの力をこめる。木も、紙も、畳の藺草《いぐさ》も、家屋をかたちづくる素材は水気をきらう。上手にしぼれるようになるまで、件《くだん》の女中頭に何度もやり直しを命じられては、泣きそうになったものだ。ことに冬場は水が冷たく、手がしびれる。

廊下の端まで念入りに雑巾をかけて、つきあたりの仏間に入った。襖《ふすま》を開けるなり、独特のにおいが鼻をかすめる。奥の壁際に据えられたお仏壇の、ほとんど灰になった線香から、白い煙がひと筋たちのぼっている。奥様だろう。

鴨居《かもい》に並んだ白黒写真の額に、軽くはたきをかけていく。全部で五枚、男女ともに、おもざしにそこはかとなく相通じるものがある。中央の青年のみが軍服で、あとは全員和装だ。左端の一枚だけが見るからに新しい。

まんまるいレンズの眼鏡をかけ、豊かな口ひげをたくわえた、ひとの好《よ》さそうな紳士である。茶の間に飾られた家族写真にもこの人物が写っている。同じ長椅子の、隣に座っている奥様は、今よりもだいぶ若い。ふたりの背後に、詰襟の少年とセーラー服の少女がまじめくさった顔つきで立っている。

奥様と話すとき、彼らのことをどう呼ぶべきかは、わたしにとってちょっとした難問だった。迷った末、前のおうちの作法に準じることにした。「坊ちゃま」「お嬢様」という呼びかたは、この写真が撮られた当時の年頃ならともかく、立派なおとな――そもそも、ふたりともわたしより年上なのだ――に対して使うにはふさわしくないかもしれないが、代案が思い浮かばない。

おととし亡くなったご夫君のことは、「旦那様」と呼んでいる。

支店長ご夫妻から聞いたところによれば、たいそう急なお別れだったらしい。仲のいいご夫婦だったから、遺された奥様の心痛はいかばかりかと周りは気をもんだという。間近にひかえていた娘の祝言も延期となった。喪に服すためだけではなく、最愛の夫を失った母親を置き去りにするのはしのびなかったのではないか、という話だった。

昨秋、予定より一年遅れて、お嬢様はお嫁に行った。そこで、彼女がこなしていた分の家事を担うべくわたしが雇い入れられた。さらに、これまた彼女のかわりに、奥様の話し相手になってさしあげるといい、とも言われた。短い間に夫と娘が次々にいなくなって、おさびしいだろうから、と。

しかしながら、少なくともわたしの見る限り、奥様は特段さびしそうではない。常に姿勢正しく、身ぎれいで、女主人らしい優雅な威厳を漂わせている。端整な顔だちも相まって、少々近寄りがたい雰囲気も否めないものの、頼みごとは端的でわかりやすく、「ありがとう」「ご苦労様」といった労《ねぎら》いのひとことも欠かさない。雇われている身として文句はない。

仏間の掃除をすませた後は、襖をへだてた隣の部屋に移動する。主《あるじ》を失った書斎は生前のまま残されている。文机《ふづくえ》の上はきちんと整頓され、壁一面を覆う本棚にぶあつい専門書が並んでいる。毎日本格的な掃除をする必要はなく、天気がよければ風を通すようにと奥様に頼まれている。

書斎の向かいに位置する二室も、同じく空気を入れ換えるだけでかまわない。右が坊ちゃま、左はお嬢様の部屋だ。

お嬢様のほうは空き部屋なのでいいとして、坊ちゃまは日々自室で寝起きしている。放っておいていいものかとわたしはひそかに首をひねったが、襖を開けてみて納得がいった。畳のそこかしこに本やノートが積みあがり、数式や図のようなものが書きつけられたメモが散乱している。他人が下手にいじって、大事なものを間違って捨ててしまったり、どこになにがあるのかわからなくなったりしては事だ。大きな地球儀や、どうやって使うのやら見当もつかない、変てこりんなかたちの器具もある。実験用だろうか。

三部屋の窓を、順に開けていく。冷気がひやりと頬をなでる。

坊ちゃまの部屋は、相変わらず足の踏み場もない。飛び石さながらに点々とのぞいている畳を、窓辺まで爪先立ちで伝い歩き、ガラス戸を開け放つ。今日は風がないから、散らかった紙片が吹き飛ばされてしまう心配はない。

それにしても、坊ちゃまは大学でなんの研究をなさっているのだろう。


廊下に出たら、お出汁の香りが漂ってきた。割烹着《かっぽうぎ》姿の奥様が、お勝手からひょっこりと顔をのぞかせる。

「きりのいいところで、お昼をどうぞ」

昼食は別々にとる。せっかくの休憩時間なのに、雇い主と一緒ではくつろげないだろうという奥様のお心遣いである。

茶の間の真ん中に置かれた卓袱台《ちゃぶだい》に、わたしは持参した弁当を広げた。ひとりで黙々と箸を動かしていると、毎度ながら、部屋の隅へと目が吸い寄せられる。四本脚で支えられた四角い箱に、布のカバーがかけてある。

初出勤の日、テレビ、とわたしは思わず声をもらしてしまった。

「主人は新しいものが好きで」

というのが奥様の返答だった。休憩中は自由に見ていいと言われて心が動いたけれど、なんとか自重している。つけたが最後、時間を忘れて見入ってしまいそうだ。人だかりの中、立ちっぱなしで眺める街頭テレビでさえ何時間でも没頭してしまうのに、ゆったり座って見られるなんて。

食後はまた仕事に戻る。特別な用事がなければ、次に奥様から声がかかるのはだいたい三時頃だ。

「お茶を淹《い》れたから、手の空いたときに召しあがれ」

区切りがついたところで、わたしは茶の間に向かう。お茶とお八つが置いてある。お饅頭《まんじゅう》だったり、お煎餅だったり、紅茶とビスケットの日もあった。小腹が空《す》いてくる頃合なのでありがたい。

ところが今日は、かけられた言葉がこれまでと少し違った。

「お茶を淹れるから、もしよかったら一緒にいかが？」

「ありがとうございます。ここを片づけたら、すぐに参ります」

かしこまって答えた。話し相手、という言葉が脳裏をよぎる。わたしごときに、そんなお役目がつとまるだろうか。

卓袱台には、湯呑《ゆのみ》と小皿がふたつずつ用意されていた。奥様が美しい所作でお煎茶を注ぐ。今日のお茶菓子は、どら焼きだ。

「ここのどら焼きは、主人の大好物でね。放っておいたら、一気にふたつも三つもたいらげるのよ」

大好物だったの、とも、たいらげたものよ、とも、奥様は言わない。夫にまつわる話題は常に現在形で語られる。

「おいしいです」

わたしはあたりさわりのない相槌《あいづち》を打った。うっかり過去形を使ってしまっては困るし、実際、どら焼きは絶品だった。しっとり口あたりのいい皮の間に、餡《あん》がぎっしり詰まっている。こんなにおいしいどら焼きなら、ふたつや三つくらい、わたしも難なく食べられる。

わたしの心を読んだかのように、奥様は言った。

「お口に合った？　よかったら、おかわりもありますよ」

いただきます、と答えかけ、すんでのところで思いとどまった。さすがに厚かましいだろう。よく見たら、奥様のどら焼きはまだほんのひとくちしか減っていない。意地汚くがつがつと貪り食べてしまって恥ずかしい。

うなだれているわたしに、「遠慮しないで」と奥様は続けた。

「どうぞ、好きなだけ召しあがって頂戴」

やわらかい声だった。わたしはこわごわ顔を上げた。

「あなた、おいしそうにものを食べるのねえ」

奥様は楽しそうな笑みを浮かべていた。珍しいことだ。

「すみません」

「謝る必要なんてないわ。おいしく食べるのは、いいことでしょう。それに、多めに買ってあるから……つい、習慣でね」

声を落としてつけ加えた奥様は、もう微笑んではいなかった。一瞬だけ、ぼんやりと宙に視線をさまよわせると、ゆらりと立ちあがった。

「ちょっと待ってね。取ってくるわ」

戻ってきた奥様は、ふだんの穏やかな表情に戻っていた。どら焼きのお皿をわたしの前に置き、向かいに座り直す。

「スミさんがうちにいらして、今日でちょうど一週間よね。しっかりやってもらって、とても助かっています」

あらたまって一礼され、わたしもあたふたと頭を下げ返した。

「こちらこそ、よくしていただいて恐縮です」

「やりにくいことや、困ったことがあれば、なんでもおっしゃってね」

「いいえ、なにも」

「でも、息子の部屋にはびっくりしたでしょう?」

奥様が眉根を寄せる。わたしは返事をひかえた。

「子どもの頃からずっと、あの調子なんですよ。片づけるように何度言っても、ちっとも聞かなくて。見苦しくてごめんなさいね」

「いえ。うちの兄も、片づけは得意じゃないので」

わたしは四つ違いの兄とふたりで暮らしている。

藤巻家と同様に、わたしの家族も縮小の一途をたどってきた。父と上の兄は戦争で、母と姉は病気で死んだ。次兄とわたしは親戚中をたらい回しにされたあげく、別々の家にひきとられた。就職した兄が妹を迎えにきてくれたのは、終戦から五年後のことだった。以来、兄の上司の知りあいの親戚だったか、親戚の知りあいだったか、無口な老夫婦が営むたばこ屋の二階に間借りしている。

「お兄様は、工場にお勤めなんでしたっけ？」

わたしが前もって藤巻家の事情を聞かされたように、奥様のほうも、こちらの家庭環境についてある程度はご存じなのだろう。

「はい」

「ご兄妹ふたりで自活して、ご立派ね」

しみじみと言われて、少し驚いた。

わたしたちの境遇を知った相手がなんと言うかは、おおむね決まっている。「お気の毒に」、「可哀相」、「大変ね」、の三通りだ。孤児など珍しくもないご時世で、半分社交辞令のようなものとして聞き流せばいいのに、兄はいちいち腹を立てている。偽善者野郎、と聞こえよがしに毒づくこともあり、わたしは横ではらはらさせられる。

「ありがとうございます。兄に伝えたら、きっと喜びます」

奥様は片手を頬にあてがって、首を傾けた。

「そう？　よく言われるんじゃない？」

そうでもない。とってつけたように「偉いわ」とつけ足されることなら時折あるものの、憐憫《れんびん》のまじらない口調で「ご立派」と感心されることなんて、まずない。ぜひとも兄に報告しなければならない。

親に死なれた可哀相な子ども、と被害者のように憐《あわ》れまれるのはごめんだと兄は言う。まるで、子どもを遺して死んだ親が悪いみたいな言い草じゃないか。なにも好きこのんで死んだわけじゃないのに、父ちゃんと母ちゃんこそ可哀相だろ。

病床の母から最期にかけられた言葉を、わたしも覚えている。「ごめんね」と母はかすれた声でささやいた。当時わたしは五歳だった。やせこけた母の手を兄と片方ずつ握りしめながら、なんでお母ちゃんが謝るの、と思った。

親のせいにしない、というのが、わたしたち兄妹の「家訓」である。

ふたり暮らしをはじめたときに、兄がそう宣言したのだ。みなしごだから苦労しているだの、貧乏だの、周りに勝手なことを言われても無視する。もし両親が生きていれば、などと役にも立たない夢想にふけって時間をむだにしない。

わたしたちはもう、父の意見をあおぐことも、母にしかられることもない。なにをするにしても、自分で考えて、自分で決める。

次の日はうってかわって、どんよりとした曇天だった。陽ざしがないと一段と肌寒い。奥様と相談し、洗濯はやめておくことにした。はたして、昼過ぎにはぱらぱらと小雨が降り出した。

わたしは茶の間で弁当を食べ終えたところだった。お買いものに出かけた奥様は傘をお持ちだろうかと案じていたら、勝手口の戸が開く音がした。

「急に降ってきたわ」

買いもの籠をさげた奥様が、茶の間に顔をのぞかせた。肩のあたりが少し濡れてしまっている。

着替えてくるという奥様から、わたしは買いもの籠をひきとった。法蓮草、大根、鰤《ぶり》の切身、生姜、メリケン粉、みかん、籠いっぱいの食材をそれぞれ然るべき場所にしまっていると、奥様が戻ってきた。なぜか外出着のままだ。

「ちょっとまた出かけてきます。卵を買い忘れちゃって」

雨に気をとられてあせってたのね、と恥ずかしそうに説明する。

「わたしが行ってきますよ。奥様、お昼もまだですよね?」

わたしは申し出てみた。奥様はちょっと考えてから、うなずいた。

「雨の中ごめんなさいね。今日はそれでお終いにしましょう。本降りになる前に、おうちに帰って頂戴ね」

奥様は優しい。

いい家に拾ってもらえてよかったな、とゆうべ兄も言っていた。わたしがお土産に持たせてもらったどら焼きをあてに、コップに注いだ安酒をちびちび飲みながら。奥様がわたしたちのことをほめていたと伝えたら、いっそう上機嫌になった。

「へえ、金持ちのわりに、ものわかった奥さんじゃないか。この調子で仲よくしとけよ。目をかけてもらって、そのうち縁談も世話してくれるかもしれないぜ」

「縁談？」

わたしはあっけにとられた。

「母ちゃんもそうだったらしいぞ。奉公先で紹介してもらった見合話で、父ちゃんと出会ったんだと」

初耳だった。兄はわたしよりもはるかに家族の歴史に詳しいが、その話はほとんどしない。妹をさびしがらせまいという配慮だとわかっているので、こっちからも聞かない。昨夜はけっこう酒が回っていたのかもしれない。

押し問答になってしまったのも、酔っていたせいだろう。

「縁談なんて、わたしにはまだ早いよ。それをいうなら、お兄ちゃんのほうが先でしょ」

わたしはなんの気なしに言い返した。兄には長くつきあっている恋人がいる。わたしも一度会った。快活で感じのいい女性だった。

「ばか言うな、お前ももう二十歳だろう。おれが所帯を持つのはスミを嫁に出してからだ。第一、お前はどうするんだよ？」

「ひとりでなんとかする。ちゃんと仕事もあるし」

「いや、だめだ。やっぱり、まずはお前を片づけないと」

兄はにべもない。だんだんわたしもいらだってきた。

「どうして？　いやだよ、わたしのせいでお兄ちゃんが結婚できないなんて」

「スミのせいだとは言ってない」

兄が目をそらし、不服そうにうなった。

「言ってるよ。お兄ちゃん、親のせいにするなっていつも怒るじゃないの。だったら、わたしのせいにもしないでよ」

年端のいかない子どもだった頃はともかく、わたしだってもう一人前の成人だ。仕事も得た今、兄の枷《かせ》にはなりたくない。


国鉄の駅前にある商店街まで行って戻る間にも、あたりはみるみる暗くなってきた。

雨風は刻々と強まり、道ゆく人々は寒そうに身を縮めてせかせかと歩いている。奥様には家にとどまってもらって正解だった。持病の喘息《ぜんそく》に、こんな冷気は大敵だろう。

わたしが足もとを気にするのは主に家の中での話で、ひとたび屋外に出ればそうでもないのだが、今日に限っては例外だった。道端にできた水たまりにはまらないよう、用心しなければならない。家まで帰り着いたときには、すっかり肩がこってしまっていた。生垣越しに、茶の間の窓からもれる黄色いあかりが目に入り、こわばった体から少し力が抜けた。

門に向かって足を速めようとして、わたしは立ちどまった。

すぐ前を歩いていた男が、ちょうど藤巻家の門前でいきなり足をとめたからだ。彼とは商店街を出たところから一緒だった。黒い雨傘をさし、くすんだ緑色のゴム長靴をはいて、ずぼんの裾をたくしこんでいる。あまり見映えはよくないけれども、用意のいいことだとわたしは背後を歩きながら思っていた。

男がこれまたいきなり、頭上にさしていた傘をさっと下ろした。わたしはいよいよぎょっとした。

しばらくの間、彼は雨に打たれていた。顔を上に向けて、ざんざんと降り注ぐ雨水を全身に浴びている。当然、あっというまにずぶ濡れになった。わたしは唖然《あぜん》として身じろぎもできなかった。

どのくらい、そうしていただろう。ひどく長く感じたが、数秒かそこらのことだったかもしれない。

男は傘を持った右腕を、下ろしたときと同じくだしぬけに、すっと上げた。そして、悠々とした足どりで門をくぐった。玄関の戸を開ける音に続いて、ほがらかな声がわたしの耳にも届いた。

「ただいま」

勝手口に回るべきところを、どうしても好奇心に抗えず、わたしはおそるおそる玄関に足を踏み入れた。

奥様が腕組みをして坊ちゃまと向かいあっていた。

「どうしてあなたは、いつもそうなんですか。傘はちゃんとさすように、何度も言っているでしょう」

日頃は感情をあらわにしない奥様の渋面は、おおいに迫力がある。少なからず怖《おじ》気《け》づいているわたしを尻目に、当の息子は別段ひるむふうもなく、悪びれずに弁解した。

「家の前までは、ちゃんとさしていたんですよ」

それはわたしが証人になれる。とはいえ、母子《おやこ》の間に横から割って入る勇気は出ない。

「一瞬、西の空が光ったように見えたんです。もしかしたら雷かもしれない。かなり珍しい現象ですよ、こんな寒い季節に落雷だなんて！」

髪や顔からも、外套《がいとう》からも、ぽたぽたとしずくがたれている。びしょ濡れの格好で母親に申し開きするという子どもじみた状況に、わくわくした口ぶりも手伝ってか、三十路《みそじ》も近いはずなのにずいぶん若く見える。

「そうですか」

奥様がすげなくさえぎった。奥様のこんなに冷ややかな声音を、わたしははじめて耳にした。呆然と見守っていたら、奥様がこちらに目を向けて声を和らげた。

「ああ、ご苦労様。上がって頂戴」

三人で茶の間に入ると、奥様はあらためて息子をわたしにひきあわせた。

坊ちゃまは外套を脱いで、背広姿になっている。服は思ったほど濡れていないものの、風呂上がりのように肩からかけたタオルがいかにもちぐはぐだ。髪もしんなりと湿っている。それでも、こうして向きあってみれば、母親似でととのったおもだちに、装いも上品だった。あんなふうに往来で奇矯なふるまいに及ぶような人物には見えない。

「はじめまして。どうぞよろしくお願いいたします」

わたしは丁重におじぎした。

「はじめまして」

彼も頭を下げ返した。なにか挨拶の言葉が続くかと思いきや、

「ひょっとして、窓を拭いて下さいましたか?」

と、おおまじめな顔で問う。

「窓？」

「はい、僕の部屋の。二、三日前くらいだったかな」

「ああ、はい」

唐突な質問に当惑しながらも、わたしはうなずいた。室内にはどうにも手がつけられないから、せめて窓くらいでも、と思いついたのだった。

「やっぱり。やけに空がくっきり見えるなあと思ったんです。どうもありがとうございました」

坊ちゃまが顔をほころばせた。部屋はあんなに散らかり放題なのに、窓ガラスの変化にはいちはやく目をとめるなんて、やはり変わっている。

ともあれ、喜んでもらえてなによりだ。

「雨が上がったら、また磨いておきます」

わたしは約束した。奥様が首をかしげる。

「明日は晴れるのかしらね」

「今日の夜中か、遅くとも明け方までにはやむでしょう」

なぜか自信たっぷりに、坊ちゃまが答えた。

「しかし、今夜はそうとう荒れますよ。あと二、三時間もしたら、大雨になる」

交通も乱れるおそれがあるため、お勤めの大学も午後から休講になったらしい。おかげで早めに帰宅できたという。

「まあ。スミさんも早くおうちに帰らないと」

奥様が眉をひそめた。

「では、廊下だけ掃除させていただいてから……」

あちこち濡れてしまっていそうで気にかかる。が、奥様は「それは明日でいいから」ときっぱり断って、窓のほうを見やった。

「外もこんなに暗いもの。こんなお天気で、なにかあったら大変」

首をめぐらせ、わたしと坊ちゃまを見比べる。

「昭彦《あきひこ》さん、スミさんを送っていってあげなさいな」


幸い、雨は幾分小降りになっていた。

わたしの家までは歩いて二十分もかからない。そう遠いわけでもないが、ゆるやかな坂道を下るにつれて、町の雰囲気はがらりと変わる。要は、山の手と下町である。藤巻家周辺の閑静な住宅街では見かけない、古ぼけたバラックや安普請の民家が、狭い路地にごちゃごちゃと密集している。

わたしの隣を、坊ちゃまは軽快な水音を立てて歩いていく。鮮やかな黄色の合羽には頭巾がついていて、万が一のときにも頭を濡らさずにすむ。一応、傘もさしている。

会話はない。坊ちゃまはしきりに上ばかり気にして、横にいるわたしの存在はあまり意識していないようなのだ。話題に困るだろうと気の重かったわたしとしては、放っておいてもらえるのはむしろありがたい。ただ、よそ見していて道端の電柱や塀にぶつかりやしないか、ひやひやしてしまう。もっとも、あわやというところで器用によけるから、まったく前を見ていないわけではなさそうだ。

　そうでもないと判明したのは、無言のまま十分ほど歩き、都電の走る通りにさしかかったときだった。

　坊ちゃまはゆきかう車を完全に無視して、ふらふらと道を渡ろうとしたのだ。

「危ない！」

　とっさに、わたしは叫んだ。金切り声にけたたましい警笛が重なった。

　歩道の端っこで坊ちゃまはかろうじて立ちどまった。その鼻先を、黒い乗用車が盛大に水しぶきを散らして走り過ぎていった。

「やあ、間一髪だったな。轢《ひ》かれるところだった」

　のんきに言われ、わたしは相槌も打てなかった。まだ心臓がどきどきしている。

「あ、母には内緒にして下さい。注意散漫だってまた怒られる」

　怒って当然だ。わたしの内心を察したのか、坊ちゃまは言い訳がましく続けた。

「職業柄、上のほうが気になるんですよ」

　傘を持っていないほうの手で、空を指さしてみせる。この機会に、わたしは奥様に聞きそびれていた質問をぶつけてみた。

「大学ではどんな研究をなさっているんですか？」

「気象学です」

「キショウガク？」

耳慣れない言葉だ。

「はい、気象です。文字どおり、大気中で起きている諸現象のことですね。僕は主に、雲と降水のしくみを研究しています。雲の中でなにが起こっているのか、解明するんです」

「雲の中……」

わたしには想像もつかない。というか、想像しようとしたことすらない。地上から眺めているだけで、そんなことがわかるものなのだろうか？　飛行機かなにかに乗って、上空まで偵察しにいくのだろうか？

でも、いったい、なんのために？

次々に浮かんできた疑問は、口にしそこねた。ごう、と不穏な突風が吹きつけてきたせいだ。危うく傘をさらわれそうになって、あわてて手に力をこめる。のんびりお喋《しゃべ》りしている場合ではない。

どうにか道を渡りきったところで、坊ちゃまがきょろきょろと左右を見回した。

「これはまずいな。少し雨宿りしていきましょうか」

そそくさと道沿いの商店の軒先に入っていく。店内は暗く、看板も出ていない。

この悪天で早じまいしたのかもしれない。

わたしはしぶしぶ従った。本音では、できれば先を急ぎたかった。服はあちこち濡れて冷たいし、雨水がズックの内側にまでじゅくじゅくと滲《し》みて気持ち悪い。それに坊ちゃまには復路もある。帰りが遅くなって、奥様を心配させたらいけない。けれど、ひさしの下で傘を閉じて一分も経たないうちに、彼の判断が正しかったとわたしも認めることになった。

ほんの一瞬で、雨が段違いに強まったのだ。それこそ雲の中にある無数の蛇口を、誰かが片っ端からひねって回ったかのようだった。視界が水の膜でさえぎられ、ついさっき渡ってきたばかりの通りさえ、おぼろげにかすんでいる。歩道は小川みたいになっている。

向かい風に顔をなぶられ、わたしは小さくくしゃみをした。空に見入っていた坊ちゃまがびくりと肩を震わせて、こちらを一瞥《いちべつ》した。

「大丈夫ですよ。この調子だと、五分か十分でおさまりますから」

落ち着きはらって断じ、再び視線を天へと戻す。わたしもつられて空を見上げた。急《せ》きたてられるような勢いで雲が流れていく。あの中でなにが起こっているのか、坊ちゃまの目には見えているのだろうか。

濃淡の灰色で複雑に彩られた雲はめまぐるしくかたちを変え、思いのほか見飽きない。見知らぬ場所に迷いこんでしまったような、夢の中にいるような、不思議な気分になってくる。たたきつけるような雨音以外はなにも聞こえない。猛然と降りしきる雨の壁が、外の世界とわたしを――わたしたちを――へだてている。

あせりも、不安も、いつしか消えていた。激しい雨に洗い流されてしまったのかもしれない。坊ちゃまの隣で、わたしは奇妙にたいらかな心地で空をあおぎ続けた。

それから半月あまり、坊ちゃまと顔を合わせる機会はなかった。

奥様によれば、月に一度か二度は、早く帰宅できる日があるそうだ。学外の勉会に出てそのまま直帰するらしい。ところが、最近はたまたま予定がないのか、終わった後に寄り道でもしているのか、一向に会えない。

別に、どうしても会いたいというわけでもないけれど。

前回だって、結局たいした話もしなかった。ただ、送ってもらったお礼を言いそびれてしまっているのが気になるだけだ。さしあたり、晴れた日は坊ちゃまの部屋の窓を磨くようにしている。

一方、奥様との会話は少しずつ増えている。どら焼きの日以来、ときどきお八つをご一緒するようにもなった。

でも、夕食に誘われたのは、今日がはじめてだ。

「立春のお祝いをしましょう」

奥様に言われて、わたしは戸惑った。立春という言葉そのものは、暦に書いてあるので知っているものの、とりたてて気にかけたことも、ましてや特別に祝ったことともない。だいたい、立春とはどういう意味なのだろう。お祝いというからにはめでたい日のはずだが、真冬なのに春の字が入っているのも、考えてみれば不可解だった。

無教養を恥じつつ質問したところ、奥様は丁寧に説明して下さった。

「二十四節気、っていってね。一年を二十四の季節に分けて、それぞれに名前がついているの。立春もそのうちのひとつ。あとは、夏至や冬至とか、春分と秋分もそうね」

そのあたりは、わたしにもなじみがある。

「昔ながらの年中行事ってあるでしょう。春分と秋分にお墓参りをしたり、冬至にゆず湯に入ったり。でも、この家はちょっと変わっていてね」

春分や冬至だけでなく、二十四節気のほぼすべてについて、この日にはこれをする、という決まりごとがあるという。なんでも、もともとは旦那様の母方のお里の風習らしい。奥様も嫁いできた当初は驚いたそうだ。

「立春はね、二十四節気の一番はじめなの。つまり、お正月みたいなもの。だから、一年のはじまりをお祝いするのよ」

藤巻家の立春では、おせちのかわりにすき焼きとお赤飯を食べ、お年玉のかわりに家族の間で贈りものをしあうことになっている。子どもたちが小さいうちは、親のほうから渡すだけだったけれど、彼らも成長するにつれ、父と母のために兄妹でなにかしら用意してくれるようになった。

「そうはいっても、選ぶのも買ってくるのも娘なんだけれど。まあ、親からあげるものだって、わたしがみつくろうわけだから、同じことね」

午後、お勝手でお赤飯の準備をしながら、奥様は苦笑してみせた。

「でも、今年は省略かしら。昭彦は覚えていないでしょうから」

一度きりしか会ったことのないわたしが言うのもなんだが、そんな気はする。そういう方面に気を回すのは、彼の得意とするところではなさそうだ。

「あの子はとにかく気が利かなくてねえ。興味のあることには、びっくりするくらい記憶力も集中力も働くのに」

嵐の中、食い入るように空を見つめていた彼の真剣な横顔を、わたしは思い出していた。

「気象学、ですか」

「そうそう。そっちに全部の力を使い果たして、他には回らないんでしょう」

話している間も、奥様は一時も手を休めない。糯米《もちごめ》を手際よく布で包み、蒸籠《せいろ》に入れて火にかける。小豆のゆで汁に一晩つけておいたという米粒は、ほんのりと薄赤く染まっている。

「本人に悪気はないし、案外、優しいところもあるのよ」

ただ、相手の気持ちをくみとったり、本音と建前を使い分けたり、細かい気配りがどうも苦手らしい。言われたことは、よくも悪くも、言われたとおりにしか受けとめない。自分がなにか言うときも、頭の中に浮かんだままを口に出してしまう。

「娘は反対に、周りを気にしすぎる性質《たち》でね。それで、よく兄妹げんかになって……」

妹が結婚を延期すると言い出したときも、ひと悶着あったという。予定どおりに進めるべきだと兄が反対したのだ。死人に気を遣うより、生きている人間の幸福を一番に考えたほうがいい、と。

「そこまではまあ、よかったんだけれど」

父さんだって、自分のせいにされたら迷惑だろう、と彼は続けたのだった。お前のやろうとしていることは、親のことを悼むようでいて、突き詰めれば単なる自己満足ともいえるんじゃないか。

「あの子なりに妹を気にかけて、早く幸せになってほしかったんだと思うの。それにしても、迷惑とか自己満足とか言われちゃうとね。もう少し他に言いようがあるでしょうに」

当然ながら、妹は憤慨した。ただでさえ、愛する父親を突然失って取り乱していた時期である。どうしてそんなふうに言うの、信じられない、お兄ちゃんは薄情すぎる。こんなときに、お兄ちゃんみたいなひとにお母さんを任せておけません、と啖呵《たんか》まで切ったそうだ。

「仲直りはしたらしいけど、まだちょっとぎこちなくて。兄妹って難しいわね」

憂鬱そうにこぼす奥様の気持ちは、わからなくもない。わたしと兄も、今まさにぎくしゃくしている最中だ。兄の夜勤が続いているせいもあって、ろくに口を利いていない。間が空けば空くほど、話しかけるきっかけをつかみづらくなっている。どんな話題を、どんな調子で振ったらいいものか。

藤巻兄妹の話をしてみようか、とふと思う。

結婚をめぐる意見の相違でけんかになったのは、わたしたちと同じだ。そしておそらく、兄が「妹を気にかけて、早く幸せになってほしかった」というところも。

「そろそろ、いいかしらね」

奥様が蒸籠のふたを開けた。真っ白な湯気がふんわりと広がる。

糯米を取り出して小豆とまぜあわせるところは、奥様の指導のもとでわたしがやった。しゃもじを動かすたびに、ほの甘いにおいが漂う。すでに十分おいしそうに見えるが、これをまた蒸籠に戻してさらに蒸すのだ。

「そういえば」

奥様が思い出したように言った。視線はわたしの手もとに注がれている。てっきり秘伝のコツでも伝授されるのかと思ったら、違った。

「前に、あなたのおうちの家訓を教えてもらったでしょう。あれを聞いて思ったの。

スミさんのお兄様とうちの息子は、話が合うかもしれないわね」

先ほどの話の続きらしかった。

親のせいにするな――状況も文脈も違えど、確かにふたりともそう言っている。荒っぽくて短気だが涙もろい兄と、あの風変わりで物静かな坊ちゃまに、まさか通じるところがあるなんて思ってもみなかったけれども。

「実をいうとね」

奥様がわずかに声を落とした。

「わたし自身も、主人のせいにしているところがあったかもしれない。主人が亡くなって、いろんなことが変わってしまったから」

夫が死んだ、と奥様がはっきりと口にしたのは、はじめてだった。わたしは手がとまってしまわないように注意しつつ、目だけを動かして奥様を盗み見た。糯米からたちのぼる湯気の向こうで、うつむいている。

「お恥ずかしい話だけれど、こういう二十四節気の行事にも身が入らなくて。娘が家を離れてからは、特にね。でも、あなたのお兄様の言うとおり、主人だって好きこのんで死んでしまったわけじゃないのよね。わたしがいつまでもぐずぐずしていたら、迷惑がりはしないにしても、心苦しいでしょう」

奥様は訥々《とつとつ》と言葉を重ね、そっと顔を上げた。わたしとまっすぐに目を合わせる。

「今日は仕切り直しのつもりなの。これからも、スミさんにはいろいろ手伝ってもらうことになりそう。よろしくお願いします」

「はい。ぜひ」

勇んで答えてしまってから、わたしははたと不安になった。

手伝うのはかまわない。でも、せっかくの家族行事に、部外者がのこのこ参加していいものだろうか。しかも、年のはじまりを祝うという大事な日なのだ。空いてしまったお嬢様の席にわたしが座るなんて、分不相応な気がする。

「あの、本当にいいんでしょうか。こういう日は親子水入らずのほうが」

「そんなことないわ。すき焼きなんて、ふたりきりで食べてもおいしくないもの」

奥様はよくても、坊ちゃまはどうだろう。どこからどう見ても社交的ではなさそうな彼が、よく知らない小娘を歓迎してくれるとも考えづらい。

わたしの逡巡《しゅんじゅん》を見透かしたかのように、奥様はにこやかに言葉を継いだ。

「息子も賛成なのよ。今晩はできるだけ早く帰ってくるって」

「本当ですか」

それなら一安心だ。本当よ、と奥様がにっこりする。

「さっきも言ったとおり、あの子はうそをつけないんだから。それに、こうして毎日来てもらって、スミさんももううちの一員でしょう」

ふだんより早く帰宅した坊ちゃまを玄関先まで迎えに出て、わたしは奥様と顔を見あわせた。彼の手に、大きな紙袋がぶらさがっていたのだ。

「先に着替えてきます」

言い置いて、坊ちゃまは自室へひきあげていった。すれ違いざま、袋にぴったりおさまる大きさの、四角い箱が見えた。

そわそわしている奥様を横目に、わたしの気持ちは明るくなった。坊ちゃまも立春のならわしをちゃんと覚えていたらしい。奥様にははなから期待されていないようだったけれど、父も妹もいなくなってしまって、俄然《がぜん》責任感が芽生えたのかもしれない。

箱の中身はいったいなんだろう。洋服の類《たぐい》にしては厚みがありすぎる。かさばる冬物の上着あたりなら、ありうるだろうか。鞄《かばん》や帽子かもしれない。もしくは雑貨や調理器具という可能性もある。身につけるものよりも、そういった実用品のほうが、坊ちゃまらしい感じもする。

とりとめもない想像にふけっていたら、奥様に肩をつつかれた。

「どうしましょう。わたしは昭彦になにも用意していないのよ」

「今から、なにか買っていらしたらいかがです?」

わたしは壁の時計に目をやった。商店街の店はまだぎりぎり開いているだろう。お赤飯は炊きあがっているから、あとはすき焼きの具材を用意するくらいだ。それならわたしひとりでもできる。

奥様があわただしく出ていった後、わたしが茶の間で卓袱台の上にコンロを準備しているところへ、坊ちゃまがやってきた。とっくりセーターとコール天のずぼんに着替え、先ほどの紙袋をさげている。

「あれ、母さんは？」

「ちょっとお出かけになりました。すぐに戻られます」

わたしは言葉を選んで答えた。

コンロとガスの元栓をホースでつなぎ、膝立ちでなにげなく坊ちゃまを見上げて、どきりとした。紙袋とは反対の手に、りぼんのかかった小さな包みを持っている。

これはもしや、と一瞬ひらめいて、即座に打ち消した。あまりにも図々しい発想に、自分でもあきれてしまう。家族の団欒《だんらん》にまぜてもらった上、贈りものまで期待するなんて、調子に乗るにも程がある。自覚する以上に、わたしは舞いあがっているのかもしれない。冷静になろう。きっと、奥様のためにふたつ買ってきたのだ。

「そうか、いないのか」

坊ちゃまは紙袋を畳の上に、包みのほうは卓袱台の隅に置き、あぐらをかいて座った。

赤いりぼんに目が吸い寄せられ、わたしは顔をそむけた。物欲しげにじろじろ見ていたらみっともない。コンロの上にすき焼き鍋を据え直す。何度やっても、なぜだか微妙にかしいで、なかなか水平になってくれない。

だめだ。後でやり直そう。坊ちゃまのほうは見ないように体をひねり、わたしが慎重に腰を上げたとき、遠慮がちに呼びかけられた。

「あの」

振り向いて、息をのむ。

いつのまにか、坊ちゃまも立ちあがっていた。紙袋から出した箱を、わたしに向かって差し出している。

「これ」

わたしはどぎまぎしながら、大きな箱を受けとった。ずしりと重みがある。

「ありがとうございます」

「開けてみて下さい。サイズが合わなかったら、交換してもらいます」

サイズ、ということは、やっぱり洋服だろうか。それにしては、やけに重たい。けげんに思いつつも、うながされるままに箱のふたをとる。

「あ」

声がもれた。箱の中から現れたのは、冬物の上着ではなかった。鞄でも、むろん帽子でもなかった。

きれいな空色の長靴だった。

一九七五年

処暑

東京の夏は暑すぎる。上京してもう三年目を迎えるというのに、いまだに慣れない。気温も湿度もやたらに高く、数値を見ただけで外を出歩く気が失せる。特にこういう、ばかみたいに晴れあがった昼さがりなんかには。

国鉄の駅から商店街を抜けて、僕はなだらかな坂を上る。全身がかっかとほてり、汗がだらだら流れる。ひとけのない住宅街に、単調な蟬《せみ》の声ばかりが響いている。自転車に乗った子どもたちが甲高い声で笑いあいながら、とんでもないスピードで坂の下まで突っ走っていった。

時速何キロくらいだろう。子どもの体重が三十キロ前後、坂の勾配はせいぜい〇・五度、距離にしておよそ百メートルを一気に下ると仮定すれば。坂のてっぺんでの初速と、自転車の重量と、あとは空気抵抗も加味しなければいけない。

頭の中でひととおり計算を終えたところで、ちょうど門の前に着いた。汗ばんだ手のひらをジーパンの腿《もも》にこすりつけてから、呼び鈴を押す。

「暑い中、お世話様です」

玄関のドアを開けてくれた奥さんは、おっとりした笑みをすぐにひっこめ、申し訳なさそうに続けた。

「あの子ったら、まだ帰ってこなくって」

「そうですか」

またか、と言いそうになったのはのみこんで、僕は答えた。このうちに家庭教師として通うようになって四カ月、和也《かずや》の遅刻は今回に限ったことではない。

応接間に通され、ソファに腰を下ろして一息ついた。クーラーの風が気持ちいい。冷たい麦茶を運んできた奥さんも、僕の向かいに腰かけた。

「和也はしっかりやっていますか？」

心配そうにたずねる。

「はい」

社交辞令は得意ではないけれども、立場上そうとしか言いようがない。しかしながら微妙な内心は表情ににじんでしまっていたのか、奥さんはますます顔を曇らせた。

「どうしてかしら。あの父親の子なのに、勉強ぎらいだなんて」

片手を頬にあてがい、ふし目がちに言い添える。

「やっぱり、わたしの血なんでしょうか」

「いえ、そんな」

奥さんは中卒らしい。先月だったか、こうしてふたりで話しているときに打ち明けられた。本人はひけめを感じているようだが、世代が世代だし、そもそも学歴と知能の間に必ずしも相関はない。大学の同級生たちがいい例だ。大半の連中は学問など二の次で、遊び回ることしか頭にない。

「和也くんは、やればできる子ですよ」

僕はつけ加えてみた。うそではない、と思う。問題は、どうしたら和也のやる気を引き出せるかがわからないことなのだ。

奥さんの顔つきが幾分明るくなった。

「これからも、どうか和也のことをよろしくお願いします」

「ただいま」

玄関のほうから、能天気な声が聞こえてきた。

ふたりで勉強部屋に入り、机の前に並んで座るなり、和也は芝居がかったしぐさで両手をぱちんと合わせた。

「ごめんなさい。こないだやっとくって言ったとこ、まだ終わってないや」

謝罪の言葉とはうらはらに、反省しているふうもない。毎度この調子なので、僕ももうあきらめている。一緒に過ごす週二日、二時間ずつの計四時間に、できるだけ集中させるしかない。

「じゃあ一緒にやろう」

　幾何のプリントの束に、目を落とす。

　和也には数学と理科を教えている。僕の得意科目が、そのまま彼の苦手科目ということになる。中学三年生だと聞いて少し身構えたが、中高一貫校だから受験勉強は必要ない。なかなか寛大な学校らしく、出席日数さえ足りていれば進学できるようだ。そうはいっても、あまりに落ちこぼれないように、授業の予習と復習を手伝うのが僕の仕事である。目下の課題は、夏休みの宿題を終わらせることだ。

「今日さ、学校のやつらと映画に行ってきたんだけど」

　和也はよく喋る。初対面の日から屈託なく雑談を持ちかけられて、僕はいささか面食らったものだ。あの手この手で勉強から話をそらそうとしているふしもあるにせよ、根が社交的なのだろう——奥さんの言葉を借りれば「あの父親の子なのに」、ちょっと意外だけれど。

「タワーリング・インフェルノ、先生も観た？」

　家庭教師先の生徒ならびに父兄から「先生」と呼ばれることは、さほど珍しくない。ただし藤巻家の場合に限っては、少々戸惑ってしまう。僕自身が和也の父兄、すなわち藤巻昭彦教授のことを、「先生」と常日頃から呼んでいるせいだろう。

「消防局長のスティーブ・マックイーンがもう、かっこよくてさあ。ポール・ニューマンも渋いけど、今回はちょっと地味なんだよな。とにかく、観てみてよ」

「いや、映画は観ないんだ」

僕は正直に答えた。和也が不服そうに唇をとがらせる。

「なんで？　おもしろいのに」

「フィクションには興味がない」

映画に限らず、小説にも漫画にもテレビドラマにも、食指が動いたためしがない。

他人の嗜好をとやかく言うつもりはないが、貴重な金と時間をふわふわした娯楽のために費やす気にはなれない。ほしいものは他にたくさんある。専門書、たばこ、コカ・コーラ、ひさしぶりにハンバーガーも食べたい。

「うちの親父もそう言ってる。教授と教え子って似てくるもんなの？」

そうだとしたら光栄だ。僕は藤巻教授を尊敬している。願わくは、将来は彼のような一流の研究者になりたい。

「あのさ先生、言っとくけどほめてないよ」

和也が僕の顔をのぞきこみ、あきれたように言い添えた。僕は気を取り直して、プリントを一枚渡した。

「じゃあこれ、問三。解いてみて」

つまらなそうに握った鉛筆を、和也はものの三分で放り出した。

「だめだ。わかんない」

「どうして。先週やったのと同じだろ」

「え、そうだっけ？」

「ほら、こことここに補助線をひいて」

僕は和也の鉛筆を拾って、いびつな七角形の内側に線を二本書き足してやった。

「ああ、そっか。それで？」

「あとは公式にあてはめればいい。計算してみて」

鉛筆を返し、命じる。危ないところだった。ごく自然な相槌につられて、つい自分で解いてしまいそうになった。

和也が恨めしげにため息をつく。

「ねえ、こういう計算とか、コンピュータを使えば一瞬でできちゃうんでしょ？　こないだ親父が言ってたよ。だったら、わざわざ人間が時間かけてやらなくてもよくない？」

藤巻先生、と僕は胸の中でつぶやいた。ご子息によけいなことを教えないで下さい。

藤巻教授は偉大な科学者であり、偉大な科学者の常として、客観的な事実を尊重する。さらに、その事実はあまねく平等かつ正確に開示されるべきだと信じてもいる。しかし、事実をあえて指摘しないほうが円滑に進む局面も世の中には多々存在するというのもまた、厳然たる事実だ。

「コツをつかめば、なかなか楽しいもんだよ」

これも事実である。難問が解ければすっきりするし、無心で数字と向きあっている間は悩みも気がかりも忘れられる。僕がここのところ気に入っているのは、藤巻先生の講義で習った低気圧の理論計算だ。発達過程での波動や擾乱《じょうらん》といった変数を考えあわせ、数式を組みたてていく。日頃なにげなく目のあたりにしている数々の気象現象は、おおむね数学的に表現できてしまうのだ。

「楽しい？　計算が？」

和也が珍獣を見るかのような目を僕に向ける。

「じゃあ、頭の訓練と思えばいい。脳みそは使わないと鈍るから、鍛えるにこしたことはない」

僕自身も、気乗りしない科目については、そう割りきって片づけたものだった。たとえば国語や社会科だ。さらに興味の持てない美術や体育に関しては、思考力より精神力を磨くつもりで乗りきった。

「いいよ別に、どうせおれの脳みそなんてたいしたもんじゃないし。先生や親父とは、そもそも出来が違うからさ」

おれは頭が悪いから、と和也はことあるごとに言う。返却されたテストの答案用紙を僕に見せるときも、問題が解けずに投げ出すときも、ことさら卑屈になるでもなく、あっけらかんと開き直ってみせる。でも、それは言い訳にすぎないと僕は思う。和也は頭が悪いわけじゃない。話していればわかる。こうして屁理屈をこねてみせるのだって、それなりに頭の回転が速いからこそできることだろう。大きな声では言えないが、他の家庭教師先には、もっとぼんやりした生徒も少なくない。さっき母親にも話したとおり、和也はきっと「やればできる」。努力と向上心が足りないだけだ。怠けずに勉強すれば、順当に成績は上がるに違いない。

だいたい、藤巻教授の血をひいた息子の頭が悪いわけがないじゃないか。

和也に計算の続きをさせておいて、僕は残りのプリントに目を通した。あと三週間で終わらせるには、いくらか急いだほうがよさそうだ。一問も手をつけられていない国語の宿題も発見してしまい、担当外ながら心配になってくる。

「できたかい？」

「まだ」

ほがらかに答えた和也の手もとをのぞいて、舌打ちしそうになった。中途半端にとぎれた数式のかわりに、高層ビルの絵が描かれている。珍しく真剣に手を動かしていると思ったらこれだ。なまじ巧いのがかえって腹立たしい。

そっと息を吐き、天井へと視線をずらす。科学を志す者の端くれとして、僕は合理性を重んじる。感情的になってもろくなことはない。ことに、小生意気な中学生を相手にしている場合は。

本、と心の中で唱える。流体力学の授業で紹介されていた専門書がほしい。たばこ、コーラ、ハンバーガー。この労働の対価は決して安くない。かけもちしているアルバイトの中でも、家庭教師の月謝は破格といっていい。

オイルショックの狂乱物価が心底いまいましい。あらゆる品物の値段が入学当初の倍以上に跳ねあがっている。寮費が据え置きでなかったら、どうなっていたことかとぞっとする。そうだ、寮の卒業生から譲り受けた年代物の扇風機も買い換えたい。羽根が回るとヘリコプターが飛んできたみたいな騒音が立つのだ。

「こら。遊んでないで、ちゃんと計算して」

僕は和也のひじを小突いた。声は荒らげずにすんだ。理性の勝利だ。

なにも、父の後を継いで学者になれとは言わない。でも、優秀な父親と優しい母親のもとでなに不自由なく育てられているのだから、もう少し自己を高めようという意欲があってもよさそうなものだ。この恵まれた環境しか知らない和也にとっては特段ありがたみがないのかもしれないが、僕のような育ちの者にしてみれば、もったいなくてしかたがない。正直いって、うらやましい。もっと正直にいうなら、たまにいらいらする。

「タワーリング・インフェルノの火事現場。百三十八階建てだよ」

和也がビルのてっぺんに、燃えあがる炎を描き足した。

二時間かけて、数学のプリントを三枚、理科を一枚しあげた。帰り際はいつも、母子がそろって玄関口で見送ってくれる。

「そういえば先生、お盆はどうなさるんですか？」

壁かけ式のカレンダーを手にして、奥さんがたずねた。

「ご予定がおありなら、来週は違う曜日でもかまいませんけど」

「いえ。ふだんどおりで大丈夫です」

「いいんですか？　ご実家に帰省なさったりとか……」

「しません」

さえぎるような、強い言いかたになってしまった。奥さんが当惑したように口をつぐむ。お気遣いありがとうございます、と僕はぼそぼそととりつくろった。

帰省するつもりはないと何度も言っているのに、母はしつこく寮に電話をかけてくる。先週は葉書まで届いて閉口した。

「じゃあ、よろしくお願いします。あ、あと、その次の週なんですけど。二十四日の日曜って、おひまですか？」

「はい」

「土曜日のかわりに、日曜の夕方にいらしていただけませんか。よかったら、その後でお夕食もご一緒に。主人も家におりますし」

「日曜？」

和也が横からカレンダーを見やり、つぶやいた。

「そっか、処暑か」

確かに、日付の傍らには「処暑」と印刷されている。僕にはなじみのない言葉だが、字面から推測するに、暑さもここまでというような意味か。和也の言いぶりでは、なにか季節行事のようなものかもしれない。東京の風習だろうか。

「ありがとうございます。ぜひ」

他の家庭教師先でも、食事に誘われることはある。よほどの事情がない限り、断らない。食べられるときに食べるのが、貧乏学生の鉄則だ。めったにお目にかかれないようなごちそうが出てくることも多い。

「そうだ。おれ、来週ヨシオたちとプール行くから」

和也が思いついたように言う。

「あら、いつ?」

「木曜か金曜かな。お小遣いちょうだい」

「また？　この間あげたばっかりじゃないの」

母子のやりとりを聞き流しながら、僕はかがんで靴をはいた。

一般的な中学三年生というのは、こんなにも気楽で幼いものなのか。僕が和也と同じ年頃だったときは、朝夕の新聞配達を毎日こなしていた。わが家にとっては大事な収入源だったから、雨が降ろうが雪が降ろうが、一度たりとも欠勤したことはない。

「でもあなた、宿題は大丈夫なの？」

「平気だよ、先生がついてるもん。ねえ？」

三和土《たたき》に立った僕を、和也がにこにこして見下ろした。普通に並べば僕より頭ひとつ分は背が低いけれど、段差のせいで目の高さが逆転している。

「すみません、この子ったら。いつも他力本願で」

奥さんが僕に頭を下げた。本人は悪びれずに胸を張っている。

「だって、中学最後の夏なんだぜ。たくさん思い出作らなきゃ」


二時間前に上ってきた坂を、今度は下る。空には雲ひとつない。残暑は来週も続くのだろうか。こんな陽気の日にプールで泳いだら、さぞかし爽快だろう。

中学最後の夏、とはよく言ったものだ。もっとも和也のことだから、来年になれば「高校最初の夏」などと感慨深げにうそぶくかもしれない。いずれにせよ、僕にはない発想である。六年前、僕の中学三年生の夏休みは、映画にもプールにも縁はなかった。遊び歩くような金も時間もなく、親しい友達もいなかった。

それでも、たったひとつだけ、印象に残っている「思い出」がある。

一九六九年七月、アポロ11号が月面に着陸した。全世界に放映された衛星生中継を、僕は自宅の古ぼけた白黒テレビで見た。

着陸そのものは昼頃だった。その前から特集番組が組まれ、朝刊の配達を終えて家に帰った僕は、ずっとテレビに釘づけになっていた。

司令船から月着陸船が離れると、小窓の向こうに見えるでこぼこの月面が少しずつ近づいてきて、やがてぴたりととまった。無事に着陸できたらしい。いよいよ人類が月に降りたつのだ。歴史的瞬間を見逃すまいと固唾《かたず》をのんでいたら、しばらく飛行士を休ませる、と解説が流れて拍子抜けした。夕刊の配達までに間にあうか不安になったが、どうしようもない。時間つぶしに内職でもするかと腰を上げかけたとき、続報が入った。

アームストロング船長が早く月面に出たいと主張しているという。どんな不測の事態にも平静に対処する訓練を受けているはずの宇宙飛行士でも、興奮をおさえきれないようだった。わくわくしているのはみんな同じなのだ。文字どおり雲の上の存在だった彼らに、にわかに親しみがわいてきた。

粗い白黒の映像に、目をこらした。ものものしい宇宙服に身を包んだ船長が、着陸船の出入口に現れる。はしごを下りるのに時間がかかっているのは、無重力ゆえなのか、それとも重装備のせいだろうか。ついに月面を踏みしめた彼が、「これはひとりの人間にとっては小さな一歩だが、人類にとっては偉大な飛躍だ」と語ったのは有名な話である。理性の力を信じる僕も、このときばかりは素直に胸を熱くした。すばらしい科学の進歩が、人類を月の世界まで連れていったのだ。

といっても、科学がどんなふうに宇宙飛行を可能にしたのか、具体的なところは見当もつかなかった。宇宙船がどういう原理で飛ぶのか知らなかった。船内の構造も、離着陸のしくみも、月の世界のことだって知らなかった。空気も水もなく、生物もいないという知識があるくらいで、なぜそんなにも地球の環境とかけ離れているのかは知らなかった。

考えれば考えるほど知らないことだらけで、愕然とした。知りたい、と強く思った。どうしても、知りたい。あのやむにやまれぬ衝動が、のちのち理学部に進むことになったきっかけだったのかもしれない。

ただし、それは今だから言えることだ。当時の僕は、大学どころか高校にすら通うつもりがなかった。

僕が物心ついた頃から、うちの家計は母が支えていた。昼間は工場、夜は飲み屋に勤め、たまの休日にも内職に精を出した。僕も、幼い弟たちでさえ、見よう見まねで手伝った。わが家で働いていないのは父だけで、昼間から家でごろごろして、出かける先といえば競馬場かパチンコ屋だった。どこでなにをしているのだか、何日か家を空けることもあった。

父親の留守を、僕たち兄弟は歓迎した。父の姿がないだけで、狭苦しい家が心なしか広く、空気まで濃くなるように感じられた。ささいな理由で難癖をつけられたり、どなりつけられたりする心配もない。のびのびできる一方、その後のことを考えると気が重かった。帰宅した父は決まって不機嫌で、酒を飲んでは暴れた。酔った父は手に負えなかった。皿を割り家具を壊し、壁に穴を開け、時には妻子にも手を上げた。

　母いわく、僕が生まれた頃までは、父もまっとうに働いていたそうだ。高度経済成長の波に乗り、けっこう羽振りがよかったらしい。そこで余分な金を手にしたのがいけなかった。博奕《ばくち》の味を知り、仕事そっちのけでのめりこんだあげく、またたくまに身代を持ち崩した。

　一度だけ、どういう風の吹き回しか、父が僕を競馬場に連れていったことがある。弟たちが生まれる前で、僕はたぶん三歳くらいだった。

　父はいつになく機嫌がよかった。僕は僕で、異様な熱気に気圧《けお》されながらも、もの珍しい雰囲気をそれなりに楽しんでいた。生まれてはじめて目にする本物の馬たちの、大きくしなやかな体と、つやつやの毛並みにみとれた。

　彼らが走り出したとたんに、平和な時間はあっけなく終わりを告げた。周りの客はいっせいに立ちあがり、めちゃくちゃに手を振り回して声を限りに絶叫した。父も目を血走らせて獣じみた雄叫びを上げていた。僕は度肝を抜かれ、レースを見物するどころではなかった。勝負がついたと察せられたのは、父が顔を真っ赤に染めて、握りしめていた馬券の束をひきちぎったからだ。地面にばらまいた紙片を何度も踏みつけ、つばを吐きかけると、脇目もふらずに出口へ突進していく。

　場内はごった返していた。怒号や悲鳴が飛びかい、そこらじゅうで紙吹雪が舞っていた。すれ違う人々に肩をぶつけて大股で歩いていく父を、僕は必死に追いかけた。ここではぐれたら二度と家に戻れないと思った。

「お父さん、待って」

僕の手は何度もむなしく宙をかいた末に、かろうじて父のズボンをつかんだ。ほっとしたのもつかのま、振り向いた父はすさまじい形相で僕をにらみつけた。

「お前のせいだ」

充血した目に、憎しみがこもっていた。足もとから伸びた長い影が、僕にすっぽりと覆いかぶさった。

「お前は疫病神なんだ」

疫病神がどういう意味か、幼い僕はまだ知らなかったが、その禍々《まがまが》しい響きに身がすくんだ。恐怖のあまり息を詰めている息子を見下ろして、父は吐き捨てた。

「お前が生まれて、なにもかもうまくいかなくなった」

これが、僕にとって人生で最も古い記憶だ。


夏休みの大学構内は閑散としている。正門をくぐり、時計台の前を過ぎる。グラウンドのほうからかけ声が聞こえてくる。運動部の練習だろう。

学食の角を曲がると、あおあおとした葉を茂らせた銀杏《いちょう》並木の先に、理学部の研究棟が建っている。うちの大学の校舎はどれも年季が入っているけれど、戦前からあるというこの建物はひときわ古めかしい。

薄暗い廊下をまっすぐ進み、つきあたりのドアをノックした。返事がないのはいつものことだ。

「失礼します」

つぶやいてノブを回す。ぎい、と蝶番《ちょうつがい》が苦しげにきしみ、古い書物特有の埃っぽいにおいが鼻をつく。おびただしい量の専門書が詰めこまれた本棚の隙間をすり抜けて、窓際のデスクをめざす。

藤巻先生は手もとにノートを広げ、なにやら数式を書きつけていた。僕がすぐ横に立っても、顔を上げない。

「こんにちは」

おそるおそる声をかけてみた。向こうから気づいてくれるのを待っていたら、いつまでもここに突っ立っているはめになる。用があるときは遠慮なく話しかけろ、と研究室の大学院生たちが忠告してくれた。どのみち、だめなときはだめだから。

彼らは指導教官の傍若無人な集中ぶりを、「成層圏」「対流圏」などと冗談半分に言い表している。たとえば「先生は今どのへん？」「あの調子じゃ当分は中間圏から戻ってこないぜ」「しかたない、出直すよ」とか、「ありゃ、そろそろ対流圏まで下りてきたんじゃないか？」「よし、学会発表のレジュメを確認してもらおう」とかいったぐあいだ。

はじめは面食らったが、慣れればわかりやすい。地球を取り巻く大気圏は層に分けられ、それぞれ名前がついている。地表から高度およそ十キロメートルまでを対流圏、その上の五十キロまでは成層圏、八十キロまでが中間圏、さらに五百キロまでを熱圏と呼ぶ。研究室の壁には各層を色分けした図が貼られ、対流圏のところに「ただちに反応あり」、成層圏には「執拗に呼べば反応あり」、中間圏が「望み薄」、熱圏は「あきらめるべし」とご丁寧に注釈まで書きこんである。

　幸い今日は、先生の意識は「対流圏」にとどまっていた。

「やあ、光野《みつの》くんか。こんにちは」

　寝起きの子どもみたいにしょぼしょぼと目を瞬《しばたた》かせ、僕を見上げる。

「これ、ありがとうございました」

　僕は鞄から大判の冊子を取り出し、先生に渡した。

　気象学の専門誌である。今号の特集記事では、気団変質の観測結果がとりあげられていた。国際的な気象研究の一環として、南西諸島沖で海面上の乱流輸送量を計測するという試みらしい。この海域では、冬に北上してくる黒潮と、中国大陸から吹き出す寒気が衝突する。海から大気へのエネルギー輸送が生じ、積雲が形成され小低気圧が発生するのだが、これまで詳細は解明されていなかった。

「風向が二、三日周期で時計回りに変わるっていうのが、おもしろいですよね。他の気象要素も、同じように周期変動している」

　先生の言うとおり、解析結果もむろん興味深かったけれど、いかんせん初心者には難しすぎた。数式やグラフを解読するのがせいいっぱいで、その意味あいを深く味わうところまではいかない。実をいえば、僕が楽しく読み進めたのは、末尾に添えられた研究チームによる体験記のほうだった。日本の気象界において欧米との協同観測は珍しく、予期せぬ事故も起きたらしい。期待の的だった海外のジェット観測機が故障したり、米軍基地近くの観測地点ではレーダーの電波障害に悩まされたり、と現場での悪戦苦闘が克明に記録されていた。

ぱらぱらと雑誌のページをめくっていた先生が、ふと窓の外に目を向けた。

「ああ、一雨くるな」

言われてみれば、暗灰色の乱層雲がどんよりと空を覆っている。ついさっきまでからりと晴れていたのに、夏の天気は本当に変わりやすい。

藤巻先生は、常に空の様子を気にしている。

授業中も例外ではなく、講義の最中に「ん？」と首をひねりつつ吸い寄せられるように窓辺へ近づいていき、空を見上げて動かなくなる。一般教養科目のひとつである気象学入門の開講初日、その姿を目撃した僕たち学生はあっけにとられた。まさかＵＦＯでも飛んできたのかと目をこらしても、なんの変哲もない雲が浮かんでいるばかりである。しかし、僕らの目には変哲もないと映るその雲こそが、先生にとっては魅惑的な現象らしいのだ。一度など、「ああ、スーパーセルが……」とうわごとのように言い残してふらふらと教室を出ていったきり、チャイムが鳴っても戻ってこなかった。

とはいえ、日を追うごとに受講生が減ったのは、そんな奇天烈なふるまいのせいだけでもないだろう。入門と銘打たれた科目にもかかわらず、先生は気象学の先端研究について、複雑な数式と難解な専門用語を駆使して語りに語った。履修選択用の学修要項には、「受講にあたっては数学と物理学の基礎知識を持っていることが望ましい」と記されていたが、明らかに語弊がある。「基礎」は「高度な」、「望ましい」は「必須」と書き換えるべきだ。

まったくもって一筋縄ではいかない講義に、だからこそ僕は惹きつけられた。全力で頭を使わなければ理解できない分、理解できたときの感動は大きい。先生にならい、日常的に空を見上げるようにもなった。

思い返せば、ごく幼い頃にも、僕はよく空を眺めたものだった。不可解なことはいくつもあった。空はなぜ青い？　雲はなぜ白い？　同じ雲なのに、なんで雨雲は黒っぽいんだろう？　そもそも、どうして雲は空に浮かんだまま、地上に落っこちてこないんだろう？

それらの素朴な疑問の答えを、僕はもう知っている。空が青いのは、太陽光の中でも波長の短い青色光がより強く散乱するからだ。雲が白いのは、含まれている水分子の粒子が可視光の波長より長く、乱反射が起きるからだ。雨雲が黒っぽく見えるのは水分が多くて光が通り抜けにくいからだし、雲が落ちてこないのは下から吹きあげる上昇気流によって支えられているからだ。

しかしながら、知識が増えれば増えるほど、より大きな問いがまた次々にわいてくる。謎は深まる一方である。そしてなにより、空は美しい。雲の色もかたちも刻々と変わり、いつまで見ていても飽きない。

つまり、僕はすっかり気象というものに魅了されていた。入学したときには宇宙物理学を専攻するつもりで、気象に特別な関心があるわけでもなかったのに、藤巻先生のおかげで僕の目はじりじりと高度を下げ、ついには大気圏で焦点を結んだのだった。

先生はまだ、空を見ている。

和也の話題を出すべきか、毎度のことながら少し迷う。先刻会ってきたばかりで、ひとこともふれないのは不自然だろう。かといって、なにも聞かれていないのにこちらから話すのも、教師面をするようで面映《おもは》ゆい。わざわざ報告するほどのめざましい成果が上がっているわけでもない。

藤巻先生が僕に息子の話をしたのは、今のところたった一度だけである。

僕は三年生になり、藤巻研究室に入ったばかりだった。実験の手順について先生に質問したところ、話が長びいた。ふだんは物静かな藤巻先生だが、こと研究にかかわる話題になると、興に乗ってとまらなくなることもままある。

「すみません、今日はそろそろ帰らないといけなくて。家庭教師のアルバイトなんです」

　僕はおずおずと切り出した。遊びではなく仕事の用だというのははっきりさせておきたかった。仕送りを受けずにアルバイト代と奨学金で生活をやりくりしている僕にとっては、死活問題だ。

「それなら、続きはまた明日にでも話しましょうか」

　先生は気を悪くするふうもなく、あっさりと話を打ち切った。そして、なぜだか急に身を乗り出した。

「光野くんは、家庭教師をやっているんですか」

　大学の教え子に家庭教師を頼むというのは、奥さんの発案だったらしい。ちっとも話が進む気配がなく、半ばあきらめていたと後から聞いた。夫に他意はなく、たぶん忘れかけていたのだろう。無理もない。藤巻先生には、他に考えるべきことが多すぎる。

「家内が心配していましてね。学校の成績がだいぶ下がってしまったようで」

　と、先生は言った。

「わたしは、そう気にすることもないと思うんだけども。誰だって向き不向きがある。本人の得意なことを好きにやらせてやるのが、結局は息子のためになるんじゃないかと」

寮に戻ったら、自室のドアにメモが貼ってあった。またもや母が電話をかけてきたらしい。ロビーに置かれた共用の黒電話が鳴ると、そばにいる者が受けて、然るべき相手に取り次ぐことになっている。留守であれば、こうして伝言を残す。

連絡下さい、母より。

汚い文字の走り書きをはがして、四畳半に入った。紙きれをまるめて屑籠《くずかご》に放り、万年床に寝そべってたばこに火をつける。

僕が中学一年生の冬に、父がいなくなった。

動揺も心配もしなかった。父の不在によって助かることはあっても、困ることはただのひとつも思いつかない。かつて疫病神と罵られた僕は、もはやその意味を正確に理解していた。それは当の父にこそふさわしい言葉だった。たとえもう二度と会えなくても、悲しくもさびしくもない。幼い弟たちも、似たりよったりの淡白な反応だった。

母もまた、取り乱すそぶりは見せなかった。ただ、疲れた表情でぼんやりしていることは時折あった。仮にも一家の主——主らしい貢献とは無縁だったとはいえ——を失い、女ひとりで家を守らざるをえなくなって、やはり心細かったのかもしれない。

母の力になろう、と僕は気をひきしめた。新聞配達に加えて家事もこなし、進んで弟たちの面倒を見た。僕はもう庇護《ひご》されるべき子どもではない。相棒として、ひとりの男として、母を助けるのだ。その意気ごみは母にも伝わったらしく、なにかあれば相談を持ちかけてくれるようになった。上の弟がけんかして友達にけがをさせたときは、そろって先方まで謝罪に出向いた。下の弟が風邪をこじらせて肺炎になったときには、医者にかかるための金策を練った。どうにか難局を切り抜けるたび、昇《のぼる》のおかげで本当に助かったわ、と母は言った。義務教育を終えしだい就職しようと僕が考えたのは、自然ななりゆきだった。もったいないと中三のクラス担任はしきりに残念がったが、意志は変わらなかった。

卒業まであと半年を切り、「やっぱり高校に行きなさい」と母が突然言い出したときには、仰天した。僕の知らないところで、担任教師の説得を受けていたそうだ。優秀なお子さんですから、と再三繰り返され、親として心が揺らいだ。

母にとって、長男以外に意見を聞ける相手は、ひとりしかいなかった。

「高校に行かせてあげるべきだ」

と彼は即答した。そのひとことが母の背中を押した。

母に恋人ができたことに、鈍い僕はまるで気づいていなかった。彼にひきあわされた、その日まで。

「きみのお母さんと、結婚を前提におつきあいさせてもらっています」

彼は深々と頭を下げた。母の勤める工場で技師として働いているという。くっきりした目鼻立ちの、見上げるような大男で、みごとに日焼けしていた。一見強面《こわもて》だけれど、笑うと目尻が下がってひとなつこい印象になる。線が細くて神経質な感じの父とは、体格も顔だちも雰囲気も、なにからなにまで似ていなかった。

そして、父なら絶対に言わないことを彼は言った。

「家のことは心配しないで、昇くん自身の将来を考えて下さい。お母さんと弟さんたちは、おれに任せてほしい。絶対に悪いようにはしない。約束します」

もちろん、僕は納得がいかなかった。いきなり現れたよその男に、家族の問題に口出しされるのは心外だったし、彼が本当に信頼できるのかもわからない。誠実そうに見えてもゆだんはできない。悪人はえてして、善人よりも善人らしい顔で近づいてくるものだ。ところが彼も譲らなかった。丁寧に、論理的に、進学すべき理由を並べてみせた。今の世の中、学歴があるほうが就職には有利だ。賃金にも差がつく。しかも、きみはとても頭脳明晰《めいせき》だと聞いている。せっかくの才能を伸ばし、活かすことが、一番の親孝行になる。

「昇くんはまだ若い。将来、高校に行っておいてよかったと思う日が必ず来る」

確かに、彼に比べて僕は圧倒的に若かった。あまりにも若すぎた。

熱弁をふるう彼の隣で慎ましく目をふせている母を、僕は盗み見た。恋人に全幅の信頼を置いているのが見てとれた。寄り添うでもなく、見つめあうでもなく、それでもふたりの間に流れる親密な空気が僕にもはっきりと感じとれた。

不意に、ばからしくなった。僕は母の片腕になったつもりだった。母に頼られているとばかり思いこんでいたのに、そうではなかったのかもしれない。自分と家族を守ってくれるおとなの男を、母はすでに見つけたのだ。僕は背伸びして調子に乗っているだけの、世間知らずで無力な子どもにすぎなかった。

結局、僕は彼のすすめに従った。

それは正しかったと今ならわかる。高校に、さらに大学にも、通えてよかったと心から思う。僕に高等教育を受ける機会を、母と弟たちには安らかな生活を与えてくれた彼に、感謝している。僕の学費を援助するという申し出だけは、固辞した。自分のことくらいは自分で面倒を見られる。弟ふたりの今後もある。

僕が上京した春に、母は弟たちを連れて彼の家に引っ越した。父との離婚が正式に成立したのだ。僕ら子どもには黙っていたが、母は父の行方を知っていて、ひそかに話しあいを続けてきたらしい。たぶん、恋人とも力を合わせて。

夏休みに帰省した僕も、その住まいに泊まった。四人は門の前に並んで出迎えてくれた。同居してたったの三カ月だというのに、長年ともに暮らしてきた本物の家族にしか見えなかった。家は古いが広く、結婚を機に改装したという室内もこざっぱりとしていた。弟たちは僕の手をひっぱって、新居を案内して回った。「ごはんは椅子に座って食べるんだ」「見て、水洗便所」といちいち得意そうに解説し、めいめいに与えられた個室を自慢した。

滞在中、母は僕の好物を毎日こしらえた。彼も義理の息子に気を遣って、釣りだの山歩きだのに誘ってくれた。でも、僕はどうしてもくつろげなかった。知らない家の、知らない家族に、ひとりだけまぎれこんでしまったようで心もとなかった。ふかふかした客用のふとんに横たわっても、さっぱり寝つけなかった。

次の冬休み、僕は忙しいと言い訳して帰省しなかった。その次の春休みも、それから夏休みも。

かれこれ二年の間、僕は家族と顔を合わせていない。

八月二十四日の夕方、僕は藤巻邸を訪ねた。

辞書で「処暑」をひいてみたところ、やはり暑さがやむ時期という意味らしい。この日は毎年、庭で花火をするのだと和也が教えてくれた。夏らしいことをして、夏の終わりをしめくくろうという趣向だろうか。てっきり東京のならわしなのかと思ったら、藤巻家独自の恒例行事だという。

まずはいつものように和也の勉強を見てやった後、ふたりで部屋を出た。磨き抜かれた廊下を玄関とは逆の方向に進み、左手の襖を開けると、中は十畳ほどの和室だった。床の間に掛け軸が飾られ、黄色い花が生けてある。中央の細長い座卓に、奥さんが箸や食器を並べていた。

藤巻先生もいた。奥の縁側に、こちらには背を向けて座っている。お父さん、と和也が呼んでも答えない。庭を眺めているふうにも見えるけれど、視線の先にあるのはおそらく植木や花壇ではなく、その上に広がる空だろう。研究熱心なのは自宅でも変わらないようだ。

「いつもこうなんだ」

和也は僕に向かって眉を上げてみせ、母親とも目を見かわした。それは僕も知っている。

床の間を背にして、腰を下ろした。正面に先生、その横が奥さん、和也は僕の隣という席順である。考えてみれば、藤巻先生と食事をともにする機会はこれまで一度もなかった。うれしい反面、なんだか緊張してくる。

主菜は鰻《うなぎ》だった。ひとり分ずつ立派な黒塗りの器に入った鰻重《うなじゅう》は、昔からひいきにしている近所の店に届けてもらったという。これで一人前かとびっくりするほど大きい。たれのたっぷりからんだ身はふっくらと厚く、とろけるようにやわらかい。

「おいしいです、とても」

僕がうっとりしていると、奥さんも目もとをほころばせた。

「お口に合ってよかったです」

父子も一心に箸を動かしている。ただ父親のほうは、旨そうに鰻をほおばりながらも、ちらりちらりと外へ目をやっていた。厚ぼったい層積雲が茜色に染まっている。

「雨がやんでよかったわね」

奥さんも夕焼け空を見上げた。台風の影響で、ここ二日ほどぐずついた天気が続いていたのだ。

「温帯低気圧に変わったから、もう大丈夫だろう。どうも今年は台風が少ないみたいだね」

先生が言う。

「でも、これからの季節が本番でしょう。去年みたいなことにならないといいけれど」

昨年は台風の被害が相次いだ。夏の台風八号は、梅雨前線を刺激して大雨を降らせ、各地で洪水や地すべりを引き起こした。秋の台風十六号もまた強力で、都内でも、多摩川が氾濫して住宅が流されるという惨事が起きた。一軒家がなすすべもなく濁流にのみこまれていく衝撃的な映像が、連日テレビで報道されていた。

当時、僕はすでに藤巻研究室に顔を出すようになっていた。なんでこんなことになっちゃったかね、と院生のひとりが新聞を読んで首をひねっていたので、ニュースで得た知識を披露した。上流のダムを放水したため川の流量が一気に増え、その勢いに耐えきれなくなった堤防がふたつとも決壊したようだ、と。

うん、それは知ってる、と彼は気のない調子で答えた。おれが考えてたのは、この台風の構造と、あとは進路のこと。

僕は赤面した。気象学者であれば、豪雨の結果より原因に関心が向いて当然だ。

それにひきかえ僕ときたら、世間で取りざたされる悲惨な被害のほうに気をとられてしまっていたのだった。

「ねえ、お父さんたちは天気の研究をしてるんでしょ」

和也が箸を置き、父親と僕を見比べた。

「被害が出ないように防げないわけ？」

「それは難しい」

藤巻先生は即座に答えた。

「気象は人間の力ではコントロールできない。雨や風を弱めることはできないし、雷も竜巻もとめられない」

「じゃあ、なんのために研究してるの？」

和也がいぶかしげに眉根を寄せた。

「知りたいからだよ。気象のしくみを」

「知っても、どうにもできないのに？」

「どうにもできなくても、知りたい」

「もちろん、まったく役に立たないわけじゃないですしね」

僕は見かねて口を挟んだ。

「天気を正確に予測できれば、前もって手を打てるから。家の窓や屋根を補強するように呼びかけたり、住民を避難させたり」

「だけど、家は流されちゃうんだよね？」

「まあでも、命が助かるのが一番じゃないの」

奥さんもとりなしてくれたが、和也はまだ釈然としない様子で首をすくめている。

「やっぱり、おれにはよくわかんないや」

「わからないことだらけだよ、この世界は」

先生がひとりごとのように言った。

「だからこそ、おもしろい」


一時はどうなることかとはらはらしたけれど、それ以降は和也が父親につっかかることもなく、食事は和やかに進んだ。鰻をたいらげた後、デザートには西瓜《すいか》が出た。

話していたのは主に、奥さんと和也だった。僕の学生生活についていくつか質問を受け、和也が幼かった時分の思い出話も聞いた。

中でも印象的だったのは、絵の話である。

朝起きたらまず空を観察するというのが、藤巻先生の長年の日課だという。晴れていれば庭に出て、雨の日には窓越しに、とっくりと眺める。そんな父親の姿に、幼い和也はおおいに好奇心をくすぐられたらしい。よちよち歩きで追いかけていっては、並んで空を見上げていたそうだ。熱視線の先に、なにかとてつもなくおもしろいものが浮かんでいるはずだと思ったのだろう。

「お父さんのまねをして、こう腰に手をあてて、あごをそらしてね。今にも後ろにひっくり返りそうで、見ているわたしはひやひやしちゃって」

奥さんは身ぶりをまじえて説明した。本人は覚えていないようで、首をかしげている。

「それで、後で空の絵を描くんですよ。お父さんに見せるんだ、って言って。親ばかかもしれないですけど、けっこうな力作で……そうだ、先生にも見ていただいたら？」

「親ばかだって。子どもの落書きだもん」

照れくさげに首を振った和也の横から、藤巻先生も口添えした。

「いや、わたしもひさしぶりに見たいね。あれはなかなかたいしたものだよ」

「へえ、お父さんがほめてくれるなんて、珍しいこともあるもんだね」

冗談めかしてまぜ返しつつ、和也はまんざらでもなさそうに立ちあがった。

「あれ、どこにしまったっけ？」

「あなたの部屋じゃない？　納戸か、書斎の押し入れかもね」

奥さんも後ろからついていき、僕は先生とふたりで和室に残された。

「先週貸していただいた本、もうじき読み終わりそうです。週明けにでもお返しします」

なにげなく切り出したところ、先生は目を輝かせた。

「あの超音波風速温度計は、実に画期的な発明だね」

超音波風速温度計のもたらした貢献について、活用事例について、今後検討すべき改良点について、堰《せき》を切ったように語り出す。

お絵描き帳が見あたらなかったのか、和也たちはなかなか帰ってこなかった。その間に、先生の話は加速度をつけて盛りあがった。

ようやく戻ってきたふたりが和室の入口で顔を見あわせているのを、僕は視界の端にとらえた。自分から水を向けた手前、話の腰を折るのもためらわれ、どうしたものかと弱っていると、スケッチブックを小脇に抱えた和也がこちらへずんずん近づいてきた。

「お父さん」

うん、と先生はおざなりな生返事をしたきり、見向きもしない。

「例の、南西諸島の海上観測でも役に立ったらしい。船体の揺れによる影響をどこまで補正できるかが課題だな」

「ねえ、あなた」

奥さんも困惑顔で呼びかけた。

と、先生がはっとしたように口をつぐんだ。僕は胸をなでおろした。たぶん奥さんも、それに和也も。

「ああ、スミ。悪いが、紙と鉛筆を持ってきてくれるかい」

先生は言った。和也が踵《きびす》を返し、無言で部屋を出ていった。

おろおろしている奥さんにかわって、自室にひっこんでしまった和也を呼びにいく役目を僕が引き受けたのは、少なからず責任を感じたからだ。

父親に絵をほめられたときに和也が浮かべた表情を、僕は見逃していなかった。雲間から一条の光が差すような、笑顔だった。いつだって陽気で快活で、いっそ軽薄な感じさえする子だけれど、あんな笑みははじめて見た。

「花火をしよう」

ドアを開けた和也に、僕は言った。

「おれはいい。先生がつきあってあげてよ。そのほうが親父も喜ぶんじゃない？」

和也はけだるげに首を振った。険しい目つきも、ふてくされたような皮肉っぽい口ぶりも、ふだんの和也らしくない。

僕は部屋に入り、後ろ手にドアを閉めた。

「まあ、そうかっかするなよ」

藤巻先生に悪気はない。話に夢中になって、他のことをつかのま忘れてしまっていただけで、息子を傷つけるつもりはさらさらなかったに違いない。様子を見てきます、と僕が席を立ったときも、なにが起きたのか腑に落ちない様子できょとんとしていた。

「別にしてない」

和也は投げやりに言い捨てる。

「昔から知ってるもの。あのひとは、おれのことなんか興味がない」

腕組みして壁にもたれ、暗い目つきで僕を見据えた。

「でも、おれも先生みたいに頭がよかったら、違ったのかな」

「え?」

「親父があんなに楽しそうにしてるの、はじめて見たよ。いつも家ではたいくつなんだろうね。おれたちじゃ話し相手になれないもんね」

うつむいた和也を、僕はまじまじと見た。妙に落ち着かない気分になっていた。胸の内側をひっかかれたような。むずがゆいような、ちりちりと痛むような。

唐突に、思い出す。

状況はまったく違うが、僕もかつて打ちのめされたのだった。自分の親が、これまで見せたこともない顔をしているのを目のあたりにして。母に恋人を紹介されたとき、僕は和也と同じ十五歳だった。こんなに幸せそうな母をはじめて見た、と思った。

「どうせ、おれはばかだから。親父にはついていけないよ。さっきの話じゃないけど、なにを考えてるんだか、おれにはちっともわかんない」

僕は小さく息を吸って、口を開いた。

「僕にもわからないよ。きみのお父さんが、なにを考えているのか」

和也が探るように目をすがめた。僕は机に放り出されたスケッチブックを手にとった。

「僕が家庭教師を頼まれたとき、なんて言われたと思う？」

和也は答えない。身じろぎもしない。

「学校の成績をそう気にすることもないんじゃないか、ってお父さんはおっしゃった。得意なことを好きにやらせるほうが、本人のためになるだろうってね」

色あせた表紙をめくってみる。ページ全体が青いクレヨンで丹念に塗りつぶされている。白いさざ波のような模様は、巻積雲だろう。

「よく覚えてるよ。意外だったから」

次のページも、そのまた次も、空の絵だった。一枚ごとに、空の色も雲のかたちも違う。確かに力作ぞろいだ。

「藤巻先生はとても熱心な研究者だ。もしも僕だったら、息子も自分と同じように学問の道に進ませようとするだろうね。本人が望もうが、望むまいが」

僕は手をとめた。開いたページには、今の季節におなじみのもくもくと不穏にふくらんだ積雲が、繊細な陰翳《いんえい》までつけて描かれている。

「わからないひとだよ、きみのお父さんは」

わからないことだらけだよ、この世界は——まさに先ほど先生自身が口にした言葉を、僕は思い返していた。

だからこそ、おもしろい。


僕と和也が和室に戻ると、先生は庭に下りていた。どこからかホースをひっぱってきて、足もとのバケツに水をためている。

僕たち三人も庭に出た。

縁側に、手持ち花火が数十本も、ずらりと横一列に並べてある。長いものから短いものへときれいに背の順になっていて、誰がやったか一目瞭然だ。色とりどりの花火に、目移りしてしまう。

どれにしようか迷っていたら、先生が横からすいと腕を伸ばした。向かって左端の、最も長い四本をすばやくつかみ、皆に一本ずつ手渡す。

「花火奉行なんだ」

和也が僕に耳打ちした。

花火を配り終えた先生はいそいそと庭の真ん中まで歩いていって、手もとに残った一本に火をつけた。先端から、青い炎が勢いよく噴き出す。和也も父親を追って隣に並んだ。ぱちぱちと燃えさかる花火の先に、慎重な手つきで自分の花火を近づける。火が移り、光と音が倍になる。

僕と奥さんも火をもらった。四本の花火で、真っ暗だった庭がほのかに明るんでいる。昼間はあんなに暑かったのに、夜風はめっきり涼しい。虫がさかんに鳴いている。

ゆるやかな放物線を描いて、火花が地面に降り注ぐ。軽やかにはじける光を神妙に見つめる父と息子の横顔は、よく似ている。

一九八八年

秋分

窓を開けたとたんに、ほんのりと甘いにおいが鼻先をかすめた。

「金木犀《きんもくせい》が咲いたみたい」

食卓のほうを振り向いて、わたしは言った。広げた新聞の向こうから返事はないが、「すっかり秋ねえ」とかまわず続ける。

「朝晩はだいぶ涼しくなってきたし、そろそろ毛布を出そうかしらね」

空になったお皿と茶碗を重ねて流しに下げる。夫がばさりと音を立てて新聞をたたみ、湯呑に手を伸ばして、ほうじ茶の残りを一気に飲み干した。

「おかわり、注ぎましょうか」

湯呑がこちらに押しやられた。

夫はとても口数が少ない。大勢の同僚や顧客の間で働いているのに、支障がないものかといささか心配になってくるほどだ。とはいえ順当に昇進し、こうして休日にまで接待ゴルフに駆り出されるということは、職場で浮いているわけでもないのだろう。家の中では、あるいは妻が相手では、あえて喋る必要を感じないだけなのかもしれない。現に、わたしは夫が黙っていてもその意向を察し、先回りして応えている。

おかわりを飲み終えた夫は、椅子をひいてのっそりと立ちあがった。

「もう出るの？」

返事がないのは、わたしが言わなくてもいいことまで口にしてしまうせいもあるのだろう。もう出るに決まっている。迎えの車は八時に来る予定で、その数分前に席を立ったのだ。

金木犀や毛布に関しては、ひとりごとだと受けとめられているのかもしれない。その結果、わたしの声は所在なげに宙を漂い、まさしくひとりごとの様相を呈することになる。

「お帰りは何時くらいになりそう？」

夫を玄関口で見送って、わたしはたずねた。少し考えてから、夫は口を開いた。

「四時か、五時頃には」

ほら、答えるべきときは、ちゃんと答えるのだ。なにも妻を無視しているわけではない。

昔、田舎の実家に古井戸があった。子どもや猫が誤って落ちないよう、てっぺんに木の板を打ちつけてふさいであった。

封印され、庭の片隅で忘れ去られているその井戸に、幼いわたしはなぜだか妙に心惹かれた。だからといってなにをするわけでもなく、周りをぐるぐるとやみくもに歩き回ることくらいしかできなかったが。

あるとき、板の端に開いた節穴を発見して、おおいに興奮した。子どもの小指がやっと通る程度の、ささやかな穴だった。それでも井戸の奥につながる道には違いない。板に顔をくっつけ、勇んで中をのぞいた。真っ暗でなにも見えずにがっかりしたが、そこでふと思いついて、足もとに落ちていた小石を投げこんでみた。じっと耳をすましていると、遠くのほうで水の跳ねるような音が聞こえた。

以来、それはわたしのお気に入りの遊びになった。穴に詰まらないような、しごく小さな石しか落とせないせいか、たいていなんの音もしなかった。ちっぽけな石ころは、謎めいた暗闇にひっそりとのみこまれてしまう。しかしどういうわけか、ごくたまに、かすかな音が耳に届いた。それが無性にうれしかった。

とうに埋められてしまったあの井戸のことを、最近ときどき思い出す。

台所に戻り、洗いものにとりかかる。流しの前の小窓は裏庭に面している。網戸越しに、相変わらず金木犀のにおいが流れこんでくる。

戦後の復興期に建てられたこの家に、井戸はない。かつて夫が少年時代を過ごしたここで、義父に先立たれた義母と同居をはじめたのは、おととしの春先のことだった。

空はどんよりと曇っている。ゴルフが終わるまでもつだろうか。夕食の買いものは午前中にすませておいたほうがよさそうだ。洗濯は、どうしよう。

濡れた手を拭き拭き、わたしは食卓に残された朝刊の一面に目を落とした。ソウルオリンピックの開会式で、おそろいの制服に身を包み晴れやかに行進する選手団の写真が、大きくあしらわれている。隅に、いつもの天気予報も載っている。東京はくもり、降水確率は五〇パーセント。

これでは判断がつきかねる。わたしは二階に上ることにした。夫婦の寝室の、ベッド脇の窓から、隣家の庭が見下ろせる。

越してきてまもない頃に、姑から教わった裏技だ。迷ったらお隣をのぞくといいわ、と言われた。藤巻さんは絶対にお天気を読み違えないから。

なんでも、藤巻家のご主人は大学教授で、天気の研究に携わっているらしい。

藤巻氏の姿はそれまでにも何度か見かけたことがあった。朝ゴミを出すときや、門の前を掃いているときに、出勤していく彼とすれ違う。変わったひとだと内心思っていた。歩きながらしきりに頭上を気にしていて、足もとが危なっかしい。おはようございます、とわたしが声をかけても、無言で素通りしていく。服装も変だ。汗ばむような陽気なのに、ぶあつい外套を着こんでいたり、晴れた日に長靴をはいていたりする。背広姿に無骨なゴム長靴という組みあわせもおかしい。

義母の話を聞いて、遅ればせながら合点がいった。視線が空へ向くのは職業柄なのだろう。注意深く観察してみるうちに、藤巻氏が長靴をはいている日はその後雨が降り出し、外套を着ている日には夕方から急に冷えこむこともわかった。

夫の両親がこの家を建てたとき、すでに藤巻家は隣に住んでいたそうだ。教授はまだ学生で、両親と妹の四人で暮らしていた。それから何十年もつかず離れずの交流が続き、藤巻一家の内情に義母はかなり通じていた。結婚してこのかた、夫の転勤に合わせて数年おきに引っ越しを繰り返してきたわたしには、そんなにも長く同じ隣人とつきあうというのがどういう感じなのか、うまく想像できない。同じといっても、義母たちの世代はこちらもあちらも鬼籍に入り、ひとつ代替わりしているわけだけれども。

わたしたちが引っ越してきた翌年、喜寿を目前にして、義母は脳卒中であっけなく逝《い》ってしまった。頭も足腰も年齢のわりにしっかりしていたし、持病もなく、周りも、たぶん本人も、こうも早く別れが訪れるとは思ってもみなかった。むろん、わたしもだ。嫁として、ゆくゆくは介護を任されるだろうと覚悟していた。

レースのカーテンを半分ほど開けて、わたしは藤巻家の庭を眺めた。

物干し竿《ざお》の端から端まで洗濯物が干され、風にはためいている。大小のタオル、縞模様のパジャマ、ステテコから子どものワンピースまで、色とりどりだ。現在の藤巻家は五人家族である。大学教授とその妻、息子夫婦、そして彼らの間に、成美《なるみ》ちゃんという幼い娘がひとりいる。風変わりな祖父とは対照的に、道で会えば必ずはきはきと挨拶してくれる。

その成美ちゃんが、ちょうど庭に走り出てきた。わたしはあわててカーテンの陰に体を隠した。

「おじいちゃん、ソーセキウン！」

成美ちゃんが母屋のほうを振り向いて叫んだ。見れば、縁側に藤巻氏が腰を下ろしている。

「あめがふるかな？」

返事は聞こえないものの、この大量の洗濯物からして、降らないと答えたはずだ。

「なんで？」

祖父も庭に下りてきた。孫の背丈に合わせて膝を折り、南の空を指さしてなにやら説明している。時折、合いの手を入れるかのように、「なんで？」とあどけない声が高らかに響く。わたしもつられて空に目を向けた。重たげな灰色の雲が広がっているばかりで、ことさら目をひくようなものは見あたらない。

しかし成美ちゃんは歓声を上げ、ぴょんぴょん飛び跳ねている。

「ねえママ、ちょっときて！　おばあちゃんも！」

わたしはカーテンをひき直して窓辺から離れた。洗濯機を回してしまおう。

よその家の団欒をのぞき見するつもりはないのだが、毎回つい見入ってしまう。ああいうにぎにぎしい時代がわが家にもあった。息子や娘に「なんで」と質問攻めにされ、「こっちに来て」「これを見て」とまとわりつかれていた時期が、わたしにも確かにあったのだ。

寝室を出て、階段を下りる。ひとりの家はひんやりと静まり返っている。

昼前に駅前——国鉄、もといJRの駅だ。横文字の呼称にはいまだになじめない——の商店街で買いものをした帰り道、坂の途中で藤巻夫人と成美ちゃんに出くわした。

「こんにちは!」

成美ちゃんがいちはやく声を上げ、おとなふたりも会釈をかわした。藤巻夫人がわたしの買いもの籠に目を向け、「お買いものですか」と愛想よくたずねる。

「ええ、商店街に行ってきたところです。お宅も?」

「アズキ、かうの!」

成美ちゃんが横から、というか下から、口を挟んだ。

「オハギ、つくるの!」

「ああ、お彼岸ですものね」

次の金曜日が秋分で、土日も合わせて三連休になる。わが家は、中日にあたる土曜に墓参りをする予定だ。夫の姉夫婦も上京してきて、うちに泊まることになっている。

「ナルも、おばあちゃんのおてつだいするんだよ」

成美ちゃんは得意そうに胸をそらしている。

この子は祖母によくなついている。フルタイムで働く母親にかわり、平日は主に藤巻夫人が孫の面倒を見てやっているからだろうか。

藤巻家のお嫁さんは画廊に勤めている。それも義母に聞いた。きれいなひとで、上品な化粧とシックな装いで出かけていく。妊娠中も臨月ぎりぎりまで働き、産後はたった半年で職場復帰を果たしたという。ずいぶん仕事熱心よねえ、と義母は眉をひそめて言ったものだ。子どももかわいそうに。まあ、生活のためにはしかたないのかもね。

藤巻夫人のひとり息子であり成美ちゃんの父親である和也くんは、画家である。これまた義母の受け売りだが、どうやらあまり売れていないようだ。

彼ら若夫婦とは、わたしはめったに顔を合わせない。一度だけ、妻のほうが回覧板を届けてくれた折に、軽く立ち話をしたことがあるくらいだ。玄関の壁にかけた油絵をほめられた。ひらたい笊《ざる》に茄子《なす》が三つ盛ってある、構図も色あいも地味な一枚だ。どこがどういいのやら、わたしのようなしろうとにはぴんとこないものの、見るひとが見れば真価がわかるらしい。亡き義父は美術を好んだ。買い集めた品々が、この家にはいくつも遺されている。絵のほかに陶器や仏像もある。整理しなくちゃね、場所塞ぎだし、と義母はぼやいていたけれど、実現しないまま今に至る。

「あら？」

藤巻夫人がなにかを探すように首をめぐらせた。ブロック塀から頭をのぞかせている庭木に目をとめ、顔をほころばせる。

「金木犀、いいにおい。すっかり秋ですね」

「朝晩はだいぶ涼しくなってきましたよね」

知らず知らず、わたしの声もはずんでいた。まるで、朝のひとりごとに数時間遅れて相槌を打ってもらえたみたいだ。

「ナルちゃんも、わかる？　いいにおいがするでしょう」

成美ちゃんがひくひくと鼻をうごめかした。

「する！」

「このお花はね、金木犀っていうのよ」

「キンモクセー！　キンモクセー！」

小さなオレンジ色の花に手を伸ばし、嬉々《きき》として連呼する。子どもというのは新しい言葉が好きだ。それとも、新しい言葉を覚えることが好きなのだろうか。

「ナルちゃん、ちょっと声が大きすぎるわ。お外ではもう少し静かにね」

祖母がたしなめ、「騒々しくてすみません」と申し訳なさそうに言い添えた。

「いいえ、とんでもない」

にぎやかな気配に、わたしはむしろ慰められている。甘い香りに誘われるように、よけいなひとことがもれた。

「うらやましいです」

しまった。つまらない愚痴をこぼすつもりはなかったのに。わたしは急いで笑顔をこしらえ、冗談めかしてつけ加えた。

「うちは夫とふたりだから、静かすぎるくらいで。なんだかまだ慣れなくって」

「ああ、そうですよね。お義母様も、急なことでしたし」

藤巻夫人が眉尻を下げた。言葉を探すような間《ま》をおいて、慣れないっていえば、と恥ずかしそうに続ける。

「実は、わたしもなんです。春からこの子が幼稚園に入って、昼間ひとりでいるようになったでしょう。時間を持て余しちゃって」

わたしは思わずうなずいた。

しかもわたしの場合、ひとりの時間は藤巻夫人よりもはるかに長い。彼女と違って近所にろくに知りあいもいない。夫以外の相手とこんなふうにまとまった会話をするのだって、そうとうひさしぶりだ。夫とのあのやりとりを、会話と呼べるかはさておき。

「せっかく手が空いたんだから、自分のやりたいことをやったらいいって息子たちは言うんですけどね。でもわたし、趣味っていえるような趣味もなくて」

わたしは再びうなずいた。

昔は、自分のための時間がほしくてたまらなかった。ＰＴＡやら社宅のつきあいやら、毎日があわただしく過ぎた。趣味だなんて、そんな優雅なことに時間を割くひまなど、どこにもなかった。それなのに、子どもが巣立ち、義母を見送り、いくらでも自由に時間を使えるようになった今、やりたいことをなんにも思いつかないとは。

「おばあちゃん、まだ？」

かわいらしい声が割りこんできて、わたしと藤巻夫人は同時に下を向いた。待ちくたびれたらしい成美ちゃんが、祖母のスカートをひっぱっていた。

「ああ、ごめんね。行きましょう」

「ごめんなさいね、お待たせしちゃって」

わたしも成美ちゃんに謝った。

「いいえ、おかまいなく」

おしゃまな物言いがほほえましい。誰かの口まねだろうか。お気をつけて、とわたしが一礼すると、藤巻夫人が遠慮がちに口を開いた。

「あの、ご興味があるかわかりませんけど、もしよかったら……」

週明けの月曜日、わたしは午後一番に家を出た。

ふだん外出といえば、駅の方面に向かうことがほとんどだ。商店街にクリーニング店も歯医者も美容院もそろっていて、ひととおり用が足りる。こうして反対の方角に足をのばす機会は、ほぼないに等しい。

見慣れないせいか、どうということのない景色もどこか新鮮に感じられる。坂を下り、大通りを渡る。東京オリンピックの前までは、ここを都電が走っていたと聞いたことがある。今となっては昔話だ。あの年、わたしたち一家は九州に住んでいた。大会に備えて夫が奮発した、当時はまだ珍しかったカラーテレビに、幼い息子は狂喜した。娘はまだ生まれてもいなかった。

交差点の先で細い路地を曲がり、公民館に着いた。ここの貸会議室で、区の運営するカルチャースクールが開かれているという。

昨日、藤巻夫人が教えてくれたのだ。

習いごとをしてみるというのは、時間の使い道として悪くない気がした。区のカルチャースクールなら、一対一で先生につくより気軽だし、費用もおさえられるだろう。友達だってできるかもしれない。ゴルフから帰宅した夫にも相談してみたら、賛成してもらえた——というか、反対はされなかった。オリンピックのニュースを流しているテレビから目を離さないまま、ふん、と生返事をよこした。

正面入口からロビーに入ると、壁一面を覆う掲示板がまず目に入った。何曜日の何時から、どの部屋でなんの講座が開かれているか、一週間分の予定がまとめられている。英会話、俳句、華道、コーラス、太極拳に日本舞踊まで、想像以上にいろいろある。

　絵画教室は月曜日の一時から、大会議室が割りあてられている。つまり、もうすぐだ。その講師を、藤巻夫人の息子がつとめているという。

「受講をご希望ですか？」

　いきなり声をかけられ、わたしはびくりとして振り向いた。公民館の職員だろうか、胸に名札をつけた、ひとの好さそうな中年の男性が立っていた。

「いえ、まだ受けると決めたわけでは……どんなものがあるのかなと思って……」

　わたしはしどろもどろに答えた。

「見学もできますよ。今日はこれから絵画教室がはじまるところです。もしご興味があれば、いかがですか」

　生徒と思《おぼ》しき人々が続々とやってきて、わたしたちの横を過ぎ、廊下の先に歩いていく。少し考えてから、わたしはうなずいた。

「お願いします」

　夫人から和也くんの講座を特にすすめられたわけではないが、絵画教室はわりと無難かもしれない。英会話や俳句はついていけるか心もとないし、お花は嫁入り前に習って免状まで持っている。この年齢《とし》で、人前で歌ったり踊ったりするのも面映ゆい。その点、絵は子どもでも描ける。巧拙は別として、手も足も出ないことはないはずだ。ひとりで静かに絵を描くだけならば、恥をかいたり、誰かに迷惑をかけたりするおそれもないだろう。顔見知りが教えているというのも、なんとなく心強い。

「初心者なんですが、大丈夫でしょうか?」

念のためにたずねる。

「ああ、ご心配なく。ここの講座はどれも経験不問です」

と職員は即答した。

「特にこちらの先生は、優しく教えて下さると評判でして。難しく考えないで、自由に楽しく描くのが一番だといつもおっしゃっているんですよ」

大会議室は思いのほか広かった。

中央に据えられた腰高のテーブルに、大輪の白い百合を生けた立派な花瓶がのっている。その周りにイーゼルがぐるりとまるく並べられ、ひとつずつ向かいあうように椅子が置いてある。

全部で二十席ほどの、八割がたが埋まっていた。すべて女性だった。そばに座った者どうし、お喋りに興じている。イーゼルを除けば、小学校の保護者会を連想させる光景だ。それにしては年齢層が高すぎるだろうか。大半はわたしと同年輩か、やや上くらいに見受けられる。平日の昼間に時間を作れるということは、これまたわたしと同じ、専業主婦だろう。

和也くんもいた。花瓶の傍らで、生徒ふたりと立ち話をしている。「藤巻先生」

と職員が呼びかけた。

「見学の方がいらしています。よろしくお願いします」

室内がさっと静まった。皆がいっせいにこちらへ顔を向ける。わたしは誰にともなく、おどおどと頭を下げた。

息子がそれこそ小学生だった頃、転校するたびに嘆いていたことを思い出す。一番いやなのは、新しい教室に入る最初の瞬間らしい。見知らぬ同級生から無遠慮に眺め回されて、いたたまれないという。娘のほうは、「そう？　あたしはうきうきしてくるけどな」と不可解そうに首をひねっていたが。

顔を上げると、和也くんと目が合った。

「あれ？　豊田《とよだ》さん？」

彼がすっとんきょうな声を上げた。全員の視線がわたしからそちらへ移る。

「あら」

「先生のお知りあいなの？」

和也くんと話していたふたりがくちぐちに言い、興味深げにわたしたちを見比べた。

じゃまにならないように隅で様子を眺めるつもりでいたら、せっかくだから描いてみないかと和也くんにすすめられた。

「それがいいわ。見てるだけじゃ、おもしろくないもの」

「楽しいですよ」

生徒たちにも気さくに誘われ、断る理由も思いつかないうちに、わたしは空いていたイーゼルの前に座らされた。

「絵を描くなんて、高校の美術の授業以来です」

正直に打ち明ける。和也くんが思案するような顔になった。

「だったら、花はちょっと難しいかもしれませんね」

早足で部屋を出ていき、ジュースの空き缶を持って戻ってきた。余っていた椅子を引き寄せて、座面の上にぽんと置いてくれる。初心者向けの課題らしい。確かに、白百合や花瓶の複雑な曲線に比べて、つるんとした筒形の缶はずっと描きやすそうだ。

「これでよし。わからないことがあったら、なんでも聞いて下さい」

他の生徒たちも、めいめいイーゼルに向かっている。早くも手を動かしているひともいれば、身を乗り出して花を凝視しているひともいる。

その間を歩き回って、助言をしたり質問に答えたりするのが、和也くんの仕事だった。和也先生、和也先生、とひっきりなしに声がかかっている。下の名前で親しげに呼ばれるのも、年上の教え子たちから慕われているしるしだろう。生徒どうしでも相談や雑談が飛びかい、和やかな空気だ。職員が「自由に楽しく」と言っていたのも納得がいった。

わたしもとりあえず、見よう見まねで描きはじめた。これほど気合を入れて空き缶を眺めるのは、生まれてはじめてだ。単純なかたちでもしろうとにはやっぱり難しい。和也くんに指導をあおごうにも、あちこちでひっぱりだこで、正式な受講生をさしおいて声をかけるのは気がひけた。

「皆さん、順調に進んでますか？　しあがりしだい、声をかけて下さいね」

和也くんの声でわれに返ったときには、あっというまに二時間が経っていた。

ひとりひとり、完成した絵を和也くんに見せて講評をもらうらしい。その後は流れ解散で、さっさと帰っていくひとも、残ってお喋りに花を咲かせているひともいる。

わたしも一応最後まで描きあげた。絵そのものはわざわざ見てもらうような出来ではないが、借りた鉛筆や消しゴムを返さなければならないし、お礼も言いたい。手持ちぶさたに順番を待っていたら、講習の前に和也くんと話していたふたりが寄ってきた。

「どうでした？」

左右からわたしの絵をのぞきこんでくる。今さら隠すわけにもいかなくて、わたしはただ体をこわばらせた。

「まあ、上手」

「もしかして、ご経験がおありなの？」

「いいえ、まったく」

どぎまぎして否定する。

「そうなの？　じゃあ、もともと才能があるんだわ。初日でこんなに描けるなんて、たいしたもんよ」

「わたしたちなんて、最初はひどかったものねえ」

「ほんと、ひどかった」

率直な口ぶりからして、おせじばかりではないのかもしれない。でも、日頃ほめられ慣れていないわたしは、ありがたいというより落ち着かない。

「絵の題材は月ごとに替わるの。今月は見てのとおり、お花」

「今日みたいにここでデッサンをしたり、外で写生したりもするのよ。先週は裏の公園に行ったわ」

親切なふたりは、この教室についてかわるがわる説明してくれた。わたしが転校生なら、彼女たちはさしずめクラス委員といったところだろうか。

「楽しそうですね」

「楽しいわよ」

「うん、とっても楽しい。みんなや和也先生にも会えるしね」

「それは光栄ですね」

ちょうどこちらへやってきた和也くんが、おどけた調子で口を挟んだ。

「すみません豊田さん、お待たせしました」

「こちらこそ、いきなり押しかけてしまってすみません」

「とんでもない。ちょっとびっくりしましたけど、うれしいです」

「あら、和也先生が誘ったんじゃなかったの？」

生徒たちが顔を見あわせる。

「いえ。先生のお母様に話をうかがって」

「ああ、和也先生は親御さんと同居してるんだっけ」

「うらやましいわあ。先生みたいに優しい息子が、そばにいてくれるなんて」

「僕だって、自分の親には別に優しくしませんよ」

和也くんは困ったように苦笑した。

「そんなことより、時間は大丈夫ですか。皆さん、今日は早めに帰ってオリンピックを見るっておっしゃってましたけど」

「あっ」

「いやだ、すっかり忘れてた。じゃあね、また来週」

あたふたと帰っていくふたりを見送った後で、和也くんはわたしの絵に目を落とした。じっくりと眺めて、

「いいですね」

と、ほがらかに言った。

事務室に寄って手続きの書類をもらい、家をめざして歩いている途中で、軽やかな足音が追いかけてきた。

「おつかれさまです」

和也くんだった。

「今日はありがとうございました。正式に通わせていただきたいです」

わたしが言うと、和也くんはぱっと笑顔になった。

「大歓迎です。さっきも言いましたけど、筋がいいですよ、豊田さん。あのふたりもほめていたでしょう」

「ありがとうございます」

声がうわずってしまわないように用心しつつ、答えた。彼女たちからほめられたときは喜びより困惑が勝っていたけれども、今はそれが逆転している。

「実は、どんな絵になるのか、僕も楽しみだったんです。かなり集中して描いておられましたよね」

わたしは赤面した。見られていたのだ。いや、ちゃんと見てくれていたのだ。

「はい、あの、なんだか没頭してしまって」

「すばらしいことですよ。いい絵を描くには、集中力が大事です」

きっぱりと言われ、いよいよ頬がほてる。

「描くのははじめてってことでしたけど、もともと絵にご興味が？」

いいえ、と答えかけてやめた。そんな言いかたは画家である彼に失礼だろう。

「ええ、まあ」

言葉を濁したわたしの本音を察したのか、和也くんは小さく笑った。

「あ、いいんです。別に、きっかけはなんでも。僕としては、絵を描くことが少しでも身近になったらいいなと思ってるので。あとは、どうせなら楽しく過ごしてもらいたいなと」

「とってもいい雰囲気でしたもんね。皆さん、仲がよさそうで」

「そうですね。ありがたいです」

「先生のお人柄なんでしょうね」

持ちあげるつもりはなく、素直な感想だった。義母から話だけ聞いていたときは、芸術家肌の頼りないお坊ちゃんという印象が強かったが、こうして話してみれば、なかなかしっかりした好青年である。

「いやいや、そんな」

彼は照れくさそうに首を振り、ふっと笑みをひっこめた。

「もちろん、本気で絵をやりたいっていうことなら、それはそれで教えるほうとしては励みになりますけど」

それはそうだろう。先刻の生徒たちとの会話が、わたしの脳裏によみがえった。ふたりともこの講座に満足している一方で、本腰を入れて絵を学ぼうという意気ごみは強くなさそうだった。講師にしてみれば、あれでは張りあいがないかもしれない。

「わたし、がんばります」

考えるより先に、言葉が口をついて出た。ばかに大きな声になってしまった。和也くんがきょとんとして目を瞬き、それからゆっくりと破顔した。

「じゃあ、僕もがんばってお手伝いします」

笑いかけられて、わたしまで気分が明るくなった。

「そうだ、母にも、豊田さんが来てくれたって報告しないと」

「お母様も、なにか講座に通われてるんですか？」

そういえば、この間は聞きそびれてしまっていた。和也くんが顔を曇らせる。

「すすめてみたんですけど、どうも腰が重くて。なんだかんだで、まとまった時間もとりにくいんですよね。幼稚園の送り迎えもあるし、家のことも母が全部やってくれてるので。ほんと、頭が上がりません」

きまり悪そうに頭をかいてみせる。でも、そんなふうに感謝の心があるだけでも、母親はきっと救われるだろう。

「いつも家族のためにばっかり働いてるから、たまには自分の好きなことをやってもらいたいんですけどね」

またしても、教室でのやりとりがわたしの頭をよぎる。うらやましいわあ。先生みたいに優しい息子が、そばにいてくれるなんて。

あの奥さん方も、わたしと同じような気持ちでいるのだろうか。よその家と比べても詮ないことだし、慰められたように感じるのもいじましいけれど、つい考えずにはいられない。優しくないのは、うちの子だけではないのだろうか。

わが家の長男は、大手の電機メーカーに研究職として勤めている。大阪の郊外にある研究所のそばに、去年マイホームを建てた。土地の値段がどんどん上がっているから、ローンを組むならなるべく早くしたほうがいいと嫁の両親に急かされたようだ。いかにも彼らの言いそうなことだった。息子いわく、妻の実家で、わたしたち夫婦はたいした強運の持ち主だとうわさされているらしい。なにせ、日本中で最も地価が高騰している二十三区内に、首尾よく戸建てを手に入れたのだから。

わが子が選んだ伴侶の家族にけちをつける気は毛頭ないが、そろって派手好みで声も態度もむやみに大きく、なにわの商人然とした雰囲気を体中からまき散らしているあちらの両親に、わたしはどうしてもなじめない。じかに顔を合わせたのは結納と結婚式の二度だけだけれど、終始お金の話題ばかりでげんなりした。夫は不愉快そうに黙りこくり、わたしがひとりで相手をしなければならなくて、へとへとになった。彼らと話すときの、息子の関西弁もいただけない。まだ赤ん坊の孫もいずれはああなるのかと思うと憂鬱になる。わたしは初孫にたった一回しか会わせてもらっていない。同じ市内に住み、しょっちゅう顔を見に押しかけてくるという母方の祖父母とは大違いだ。

　そして娘は、息子よりもさらに遠く、海の向こうにいる。

　半年前までは、実家から都内の私立大学に通っていた。親に似ず社交的な子で、帰りが遅くなる日も多かった。わたしの目には、少々羽目をはずしすぎではないかと映ることもままあったものの、遊び歩けるのも今のうちだけだからと黙認していた。

　留学すると娘が宣言したときには、耳を疑った。しかも、親に相談もなく手続きを進めてしまっているという。勝手なことをしてどういうつもりかと責めると、だって反対されるから、と言い訳にならない言い訳が返ってきた。反対して当然だ。わが子をひとりで海外にやるなんて、心配しないほうがどうかしている。それも、男の子ならまだしも女の子を。

　両親の猛反対にも娘はめげなかった。まずは、父親より断然与《くみ》しやすい母親のほうから、説得を試みた。いわく、これからは男も女も社会で活躍する時代だ、そのためには広い世界へ目を向けなければならない、欧米の先進的な価値観を見習い国際人としての意識を高めるべきだ、云々《うんぬん》。さんざん熱弁をふるったあげくに、ママにはわかんないかもしれないけどね、と憐れむような目をしてつけ足した。

確かに、わたしには皆目わからなかった。今もわからない。

時代が変わりつつあるのは、わたしだって知っている。男女平等について、女性の社会進出について、テレビも新聞もしつこく喧伝《けんでん》している。ひと昔前とは違う生きかたもあるのだろう。しかしながら、それが女にとって幸せな人生だとはとうてい思えない。たとえ時代遅れだと非難されようが、ひとりの母親として、愛する娘にはどうか幸せになってもらいたい。

「豊田さん、危ないですよ。車が」

気づいたら、わたしの右を歩いていたはずの和也くんが車道側へ移動していた。やっぱり、優しい。

「それじゃ、十月からうかがえばいいかしら」

わたしは話を戻した。

「もしよかったら、来週からでもかまいませんよ。事務のほうには僕から伝えておきます」

やや中途半端な気もするけれど、断るのも悪い。それに、がんばると決意表明までしてしまったばかりだ。

「じゃあ、そうします」

「そうだ、あと、来週は発表会もあります。講習の後で」

月に一度、教室で扱っている題材とは別に、各自が家で描いてきた絵を持ち寄って見せあうのだという。

「けっこう盛りあがるんです、個性が出て。もしお時間があれば、豊田さんもぜひ。点数をつけたり競争したりするわけじゃないですから、どうぞお気軽に」

「皆さん、なにを描いてこられるんですか？」

「いろいろですよ。おすすめは、ご自分の大事にしているものですかね。デッサンは観察が命なので。愛着のあるものは、いくら見ていても飽きないでしょう？」

なるほど、それはそうかもしれない。人形、アクセサリー、陶磁器、丹精している盆栽を描いてきた生徒もいたそうだ。

「あとは、ご家族やペットも。静物に比べると多少難しくなっちゃいますけど」

話しているうちに、いつのまにか家の前まで来ていた。どうも今日は、時間が経つのがめっぽう早い。

また来週、と互いに言いあって、わたしは和也くんと別れた。


夫は十時過ぎに帰宅した。東京本社の勤務になって以来、週の半分以上は会食だの飲み会だのが入る。土地柄なのか、異動に伴い昇進したからなのか、もしくは好景気の影響がこんなところにも現れているのかもしれない。

「おかえりなさい」

玄関で出迎え、上着を受けとった。お酒とたばこのにおいが鼻をつく。

「お風呂はわいてるわ。おなかはどう？　お茶漬けでも作りましょうか？」

うむ、と簡潔な返事があった。

夫の脱いだ背広をハンガーにかけて、台所でお湯をわかす。簡単な夜食とはいえ、この時間から準備するのは億劫なときもあるが、今晩は面倒とも感じなかった。昼間のことをゆっくり報告したかった。

「今日、藤巻さんに教えてもらったカルチャースクールに行ってきたわ。公民館の」

お茶漬けに箸をつけた夫に、わたしは切り出した。

「絵画教室を見学させてもらったの。楽しかった。通ってみてもいいかしら？」

夫がもぐもぐと口を動かしつつ、首を縦に振った。

打診はしてあったし、今さらだめだと言われるとは思っていなかったものの、無事に許可を得て少しほっとした。実はもう鉛筆とスケッチブックまで買ってしまったのだ。和也くんと別れていったん家に入った後で、どうにも気がはやってしまい、商店街の文具店まで行ってきた。

来週の発表会とやらに向けて、なにを描こう。夫の帰りを待つ間も考えをめぐらせていたけれど、これぞというものが思い浮かばない。夫にも意見を聞いてみようかと口を開きかけ、また閉じる。どうせ実のある返事はもらえっこない。

「デッサンって、おもしろいのよ。時間も忘れて集中しちゃった」

かわりに、そう言った。

「ふうん」

夫は茶碗から顔も上げない。つくづく愛想がない。

もっとも、それは今にはじまったことでもない。出会ったときからこの調子だった。遠縁の親戚がとりもってくれた見合いの席で、夫は終始むっつりと押し黙っていた。しかつめらしい顔つきをして、おまけに体が大きいものだから、なんともいえない迫力があった。会話はおそろしくはずまず、てっきり断られるとばかり思っていたので、また会いたいと仲人づてに連絡をもらって驚いた。

自分から誘ってきたくせに、二度目のデートでも夫はちっとも楽しそうではなかった。たまたま虫の居所が悪いのか、それともよっぽどたいくつなのか、あれこれ気をもんでいたわたしも、三度目からはさすがに慣れてきた。不機嫌なわけではなく、こういう顔なのだ。

気を取り直して、わたしは続ける。

「生徒さんたちが和気あいあいとしてるのも、よかったわ。和也くん、人気者みたいよ」

「和也くん？」

夫が不審げに首をかしげた。

「そうよ。お隣の」

「公民館で教えてるのか？」

昨日もそう伝えたのに、例によって聞いていなかったのだろう。

「ええ。今まであんまりよく知らなかったけど、喋ってみたらいい子だったわ」

「そうか。よかったな、いい習いごとが見つかって」

夫がいつになくまともな相槌を打った。うきうきして喋るわたしにつられたのか、ほろ酔いの名残かもしれない。わたしはうれしくなって言い添えた。

「わたしの絵、ほめられたのよ」

よかったな、とまた言ってもらえるかと思った。ところが、夫はいやにしみじみとした声音で、まったく違うことを口にした。

「そりゃ、向こうも商売だからな」

「商売って、そんな……」

わたしは絶句した。

「区のカルチャースクールなのよ。儲けるためにやってるわけじゃないでしょう。お月謝だって、思ってたよりもずっと安かったし」

「だけど、彼は報酬をもらって教えてるわけだろう？」

夫が目をすがめた。口答えされたのが気に入らなかったようだ。

「しっかり営業努力をしなきゃ、クビになるぞ。そういう自治体の事業って、案外シビアだったりするんだ。生徒にきらわれたら大変だよ」

箸を置き、「たいした稼ぎでもないだろうけどな」とそっけなく言い足す。

「だいたい、大の男がいい年齢してなにをやってるんだか。親の家に住まわせてもらって、女房を働かせて、恥ずかしくないのかね」

「でも、優しい子よ。よく気がつくし」

わたしはむっとして言い返した。

「男が優しくてなんになる。小さい子どももいるってのに、無責任だろう」

夫はにべもない。

「まあ、いいんじゃないか。お隣には、お袋もなにかと世話になってたみたいだし」

そういうことではない。損得でも、貸し借りでもない。和也くんは純粋にわたしの絵をほめてくれたのだ。硬くて冷たい缶の質感が上手に表現できている、丁寧に影をつけたおかげで立体的に見える、と具体的な箇所を指さして解説してもらった。他の生徒たちだって、わたしの絵を見て感心していた。

こみあげてくる反論をぐっとのみこんで、わたしは短く言った。

「じゃあ、申し込みますね」

夫に悪気はない。わたしを傷つけるつもりもない。世間知らずの妻に、世の中の道理を諭そうとしたにすぎない。逆らったところで、お前はなんにもわかってない、と苦々しげに片づけられるのが落ちだ。

ママはなんにもわかってないよね、とそういえば娘も言っていた。あきらめといらだちと憐憫のないまぜになった目つきで、ぎゅっと眉を寄せて。夫と娘は性格が似ている。自分なりの信念を持ち、一度こうと決めたらかたくなに譲らない。

ただし、似た者親子の意見が食い違えば、夫のそれが通る。友達と別れたくないから引っ越しはいやだと娘が言い張ったときも、拾った仔犬をうちで飼いたいと懇願したときも。いくら強情な子だといっても、父親には逆らえない。悔し涙をこぼす娘の背をなでて慰めるのが、わたしの役目だった。

留学の件で激しい口論が繰り広げられたときも、わたしはよけいな口を挟まず、おとなしく出番を待っていた。しかし今回ばかりは、娘を慰める必要はなかった。長い長い話しあいは、勝手にしろ、という夫の捨てぜりふで決着がついた。娘は頬を上気させ、ありがとう、と声をはずませた。

夫がソファに移動して、テレビをつけた。オリンピックのニュースが流れ出す。

出端《でばな》はくじかれたものの、受講をやめようという気にはならなかった。冷静になってみたら、夫の言い分にも一理ある。講師にとって生徒はお客さんなのだ。馬鹿正直にほめ言葉を真に受けて舞いあがっていては、みっともない。かといって、和也くんが保身のためだけにわたしに取り入ろうとしたとも思えなかった。絵を見るまなざしは真剣そのものだったし、帰り道での会話もはずんだ。夫は和也くんを誤解している。直接話しさえすれば、きっと考え直さざるをえないだろう。

ともあれ、教室に通うと決めた以上、さしあたっての問題は来週のことだった。

デッサンのモデルにできそうなものが、ないわけではなかった。たとえば応接間のガラス棚には、義父の集めた象牙の根付や、義母が旅先で買った木彫りの熊や、夫の修学旅行土産だというビードロなんかが、所狭しと飾られている。それぞれに趣があり、うまく描けばまずまず見映えよくしあげられそうだ。ただ、「愛着のあるもの」という和也くんのひとことが頭にひっかかっていた。わたし自身は、このガラス棚におさまっているような品々を持っていない。義父のような蒐集癖《しゅうしゅうへき》もないし、度重なる引っ越しの影響もあるだろう。転勤族の性《さが》とでもいおうか、できるだけ持ちものを増やさないことが無意識の習慣としてしみついてしまっている。

三連休がはじまって、わたしは本格的にあせり出した。

土曜は墓参りで、その晩は義姉夫婦がうちに泊まる。のんきに絵など描いていられない。さらに間の悪いことに、金曜日は夫がずっと家にいた。朝方から、藤巻家の庭をのぞくまでもないような本降りの雨で、ゴルフコンペが中止になったのだ。

夫がオリンピックの中継に夢中で、テレビの前に陣どったきり動かないのは、不幸中の幸いだった。絵を描いているところはできれば見られたくない。わたしは午前中のうちに家事をすませ、昼食を挟んで夫が再びオリンピック観戦に戻ったのをみはからって、真新しいスケッチブックを持って応接間に入った。

愛着云々はいったん忘れて、手頃なものをみつくろうしかない。描き進めるうちに、いくらか情もわいてくるかもしれない。棚を端から物色し、背中に温泉地の名が彫り入れられたこけしと、張り子の赤いだるまを見つけた。どちらも片手におさまる大きさである。

しばし迷い、こけしを採用した。筆でちょんちょんと描き入れたような、とぼけた顔つきがかわいらしい。筒形の胴にまんまるい頭がくっついた簡素きわまりない体形も、描きやすそうだ。

応接セットのローテーブルにこけしをのせて、わたしは向かいのソファに座った。和也くんの教えに従い、まずは念入りに観察する。小さな瞳が見つめ返してくる。

スケッチブックを広げて、鉛筆で円を描いた。頭だ。わずかにゆがんでしまい、慎重に消してもう一度描く。今度はやや縦に長くなって、また消した。三度目は反対に、ひらべったくつぶれた。これなら最初のほうがましだった。何度も消しゴムでこすったせいで紙が黒ずみ、なおさらぱっとしない。

ため息をついて、鉛筆を放った。どこからか楽しげな歓声が聞こえてくる。拍手も続く。居間のテレビだろう。さっきまでは気づかなかったほどのかすかな音なのに、やけに耳にさわる。

こけしの後は、だるまを試してみた。ガラス細工の白鳥も、小さな陶器の水差しも。どれも、だめだった。

わたしはソファの背にもたれ、まぶたを閉じた。でたらめに目頭をもむ。こけしやだるまを必死ににらんでいたせいか、ひどく目が疲れている。

そのままぼんやりしていたら、声がした。

「寿子《ひさこ》?」

ぎょっとして身を起こした。

細く開いたドアの隙間から、夫の顔がのぞいていた。ローテーブルの上に散らばった脈絡のない顔ぶれを、胡乱《うろん》な目で見下ろす。

「なにやってるんだ?」

「絵の宿題なの。好きな題材で描くことになってるんだけど、いいものが見つからなくて」

われながら、つっけんどんな口ぶりになってしまった。あわてて声を和らげる。

「あなたは?　どうかした?」

夫にやつあたりしてもしかたがないし、絵画教室の話題は要注意だ。また機嫌をそこねられては困る。

それとなく、夫の顔色をうかがう。気分を害したふうではない。ひとまず胸をなでおろしたところで、「たばこの買い置きはなかったかな」とたずねられて、ひやりとした。

「寝室の、いつものひきだしに入っていなかったら、ないわ」

夫はたばこを主に外で喫《す》う。なくなれば自ら買い足すが、予備として家にも何箱か置いてあり、そちらはわたしが補充しておくことになっている。ここ最近は家で喫っているところをほとんど見かけなかったので、ゆだんしていた。

「ごめんなさい、うっかりしてて。買ってきましょうか」

窓の外に目をやる。雨は相変わらず降り続いている。

「いや。いい」

夫は短く答えて、ドアを閉めた。廊下を足音が遠ざかっていく。

怒っただろうか。でも、もし腹を立てているなら、買って来いと言いそうなものだ。言わないまでも、もっと乱暴にドアを閉め、荒い足音を響かせるだろう。わたしがくたびれているのを見てとって、同情してくれたのかもしれない。夫はああ見えて存外に敏いところもある。

つらつらと考えていたら、壁をへだてた玄関のほうで、ばたんと音がした。夫が自分でたばこを買いに出ることにしたようだ。申し訳ないような気もするけれど、正直なところありがたい。

深呼吸をして、スケッチブックの新しいページを開く。

ひと休みしたのがよかったのか、先ほどよりは調子が出てきた。試行錯誤しながらも、こけしの輪郭を描きあげる。胴体に模様を加え、次いで目鼻にとりかかろうとしたとき、また物音が聞こえた。

わたしは鉛筆を置いて、立ちあがった。夫が帰ってきたのだろう。たばこの埋めあわせではないが、熱いお茶でも淹れてあげよう。雨で体が冷えたに違いない。わたしもちょっと休憩したい。もうじき三時だから、なにか甘いものを食べてもいい。

応接間から一歩出たところで、夫と鉢あわせした。

「たばこを買ってきた。試合のきりもよかったから」

なぜか弁解するような口ぶりで、夫は言った。

しかし、両手に携えている荷物は、明らかにたばこではない。片手に小ぶりの重箱を抱え、もう片方の手には白いポリ袋をぶらさげている。

「そのお重は？　どうしたの？」

「おはぎのお裾分けだって、隣の奥さんが」

隣家の玄関から出てきた藤巻夫人と、ちょうど行きあったそうだ。わたしは重箱を受けとり、重ねて質問した。

「そっちの袋はなあに？」

「ああ」

夫が袋の口を広げて、中身をわたしに見せた。つややかな紫色の立派な茄子が、ごろごろ入っている。

「これも藤巻さんが下さったの？」

「いや、買った。たばこ屋の向かいに八百屋があるだろう」

「茄子を買ったんですか？　あなたが？」

わたしは目をまるくした。夫が野菜を買ってくることなんて、ついぞなかった。

「食べたかったの？」

「いや」

夫がもどかしそうに頭を振った。首をめぐらせ、玄関のほうに顔を向けて、壁にかかった額縁をあごで指す。

「描くものがない、ってさっき聞いたから」

わたしは茄子の絵をしばらく眺めてから、夫の横顔に目を移した。

まばらに生えた無精ひげ、鼻の脇にふたつ並んだほくろ、細かいところに次々と焦点が合うのは、まばたきも忘れてこけしに注目していたせいだろうか。太い眉に一本まじった白髪。額に、目尻に、口もとに寄った、無数の皺《しわ》。

夫がもぞもぞと身じろぎした。少しばかり熱心に見つめすぎたかもしれない。

「お茶にしましょう。おはぎは、お煎茶が合うかしら」

言いながら、はたとひらめいた。

「あなた、またオリンピックの続きを見るのよね？」

「ああ、うん」

「じゃあ、ちょうどいいわね」

食卓にスケッチブックを広げれば、テレビの向かいに座る夫の全身を視界におさめられるはずだ。

「わたし、あなたを描くわ」

おはぎの重箱を胸に抱え、ぽかんとしている夫の背を押して、わたしは居間のほうへ足を踏み出した。

一九九九年

夏至

一九九九年七月、人類は滅亡する。

あたしがそれを知ったのは五歳のときだ。知ったというより、知らされた、というべきだろうか。幼稚園の自由時間に、大事な話があると律子《りっこ》に耳打ちされたのだ。

「来て」

と腕をひっぱられ、あたしはおとなしくついていった。律子がこういう思い詰めた顔つきをしているときは、逆らわないほうがいい。

律子には年齢の離れた兄姉がいて、同い年の子どもたちの中で群を抜いて物知りだった。サンタクロースの正体も、ポプラの木の根もとに埋めた金魚の行く末も、同じ組のケンちゃんをお迎えに来るのがある日を境にお母さんからおばあちゃんに替わった理由も、もれなく解説してくれた。

園庭の隅の、金魚のお墓があるポプラの下で、律子はあたしの手を離した。よく晴れていて汗ばむような陽気だったけれど、木陰はひっそりと涼しかった。たいして距離は離れていないのに、明るいひなたを駆け回る同級生たちのはしゃぎ声がばかに遠く聞こえた。

　律子はあたしと目を合わせ、おもむろに口を開いた。

「一九九九年の七月に、人類は滅亡するんだよ」

「メツボウ？」

　あたしはぽかんとして繰り返した。知らない言葉だった。でも、なんとなく不気味な響きがあった。

「みんな、死ぬの」

　律子は深刻そうに眉を寄せて言いきった。

「律子も、朋《とも》ちゃんも、お父さんもお母さんもお兄ちゃんも、みーんな」

　そう言われてやっと、あたしも事の重大さを理解した。当然ながら衝撃を受けた。頭がかっかとほてり、うまく呼吸ができなくなった。あたしは動揺すると、どうやって息を吸うのか、また吐くのか、よくわからなくなってしまうのだ。昔から。

「あのときみたいに？」

　和也さんが口を挟む。腕枕をしてもらっているあたしの耳に、ほんのりとたばこくさい吐息がかかる。

「そう。あのときみたいに」

　あたしはかけぶとんの下にもぐりこんだ。あおむけに寝そべっている和也さんの左胸に頬をくっつけて、心臓の鼓動に耳をすます。規則正しいリズムに合わせて息を吸い、そろそろと吐く。和也さんのにおいがする。あったかい。

大丈夫だ。和也さんのそばにいれば、なんにも心配ない。

「繊細なんだよな、朋江《ともえ》ちゃんは。かわいそうに」

ふとん越しに、くぐもった声が届く。

「こわかっただろ。でももう安心だ、おれがついてる」

すっかりうれしくなって、あたしは勢いよくふとんをはねのけた。和也さんが優しく髪をなでてくれる。

こんな満ち足りた気持ちで今年を迎えられるなんて、幼い頃には想像してもみなかった。毎年、大晦日には絶望した。一年、また一年と、着実に一九九九年が近づいてくることが、おそろしくてたまらなかった。

一九九九年七月、つまり来月に、人類は滅亡する。


目が覚めたら和也さんはもういない。カーテンの隙間から朝日がさしこみ、ぽっかり空いたベッドの右半分をむなしく照らしている。皺の寄ったシーツにふれてもぬくもりは残っていない。わかっているのに、毎回さわってみずにはいられない。

朝は苦手だ。明るすぎて目がくらむ。夜のほうが断然いい。暗くて落ち着くし、静かだし、なにより和也さんに会える。

和也さんがこの部屋に来るようになった当初は、こんなふうに眠りこんでしまうことなんてありえなかった。枕に顔を埋《うず》めて寝たふりをしつつ、帰り支度をする和也さんのかすかな気配に耳をそばだてた。衣《きぬ》ずれの音、ベルトの金具がふれあう音、ドアが開いて閉まる音、アパートの外階段をかんかんと下っていく靴音まで。

でも今は、和也さんに頭をなでられているうちに意識がすうっと遠のいて、いつのまにか朝になっている。

慣れたのだ。自慢するわけじゃないけれど、あたしはどんなことにもわりとすぐに慣れる。悲しいこともつらいことも、慣れさえすればやり過ごせる。おかげで、人類が滅亡すると知りながらも、どうにか二十年以上も生きてこられた。

深く突き詰めないことも大事だ。ノストラダムスが予言している、空から降ってくる「恐怖の大王」とやらの正体はなんだろう、などと考えこんではいけない。核戦争が勃発する、宇宙人が攻めてくる、火山が爆発する、巨大な隕石が地球に衝突する、疫病が蔓延《まんえん》する、巷《ちまた》には実に多様な解釈があふれている。死ぬのはしかたないにしても、痛かったり苦しかったりするのはいやだ。時間がかかるのも勘弁してほしい。いざとなったら潔く、すみやかに逝きたい。宇宙人に捕まって人体実験されるとか、食料が尽きて飢え死にするとかは避けたい。

幼い頃のように、恐怖のあまり気が遠くなったり、パニックになって泣き出したりは、もうしない。それでもたまに、悲惨な想像がとめどなくふくらむ。胸が苦しくなって、その場にへたりこんでしまうときもある。和也さんに出会った日もそうだった。

手早く身支度をすませて、家を出る。

始発からまもない時刻でも、通勤電車はそこそこ混んでいる。スーツ姿のサラリーマンが多い。誰も彼も、眠たげで疲れきった顔をしていて、気の毒になあと毎朝思う。あくせくがんばっても、もうじき人類は滅亡する。心身をすり減らして働くなんてばかばかしい。

長い階段を上り下りして、改札にたどり着く。ロータリーの向こうにそびえる二十階建ての立派なビルが、あたしの職場だ。

日光を反射してぴかぴかと輝いているガラス張りの正面玄関を横目に、裏の通用口に回った。入り組んだ通路を抜けて女子更衣室をめざす。くすんだねずみ色のつなぎが、あたしたち清掃業者の制服だ。

制服は色もデザインもひどく冴えないけれど、清掃員という仕事そのものはけっこう気に入っている。コンビニ店員、工場の検品係、スーパーの試食販売員、カラオケ店の受付、テレクラのティッシュ配り、数えきれないほどの仕事を転々としてきた中で、一番あたしに向いていると思う。その証拠に、一番長く続いてもいる。なんと、先月で勤続三年目に突入した。これまでは、短ければ数日、長くても半年もてばいいほうだったので、自分でもちょっとびっくりしている。

つまりこれはあたしにとって、二十九年間の人生において記念すべき、最長かつ最後の仕事ということになる。

このビルには数十もの事務所や店舗が入居している。業種も規模もさまざまで、一社でフロア全体を独占している階もあれば、こぢんまりとした事務所がいくつか集まっている階もある。わが社から数人の清掃員が派遣され、手分けして掃除にあたっている。

今朝は八階の担当になった。玩具会社と保険会社のオフィスが入っている。まずは各テナントの専有部分からとりかかる。従業員が出社してくるとじゃまになる――彼らにとってはあたしたちが、あたしたちにとっては彼らが――ので、その前に一段落つけてしまいたい。業務用掃除機の長いコードをコピー機やキャビネにひっかけないように気をつけて、ずらりと並んだデスクの間をすいすい進む。ときたま早出の社員が席についている日もあるが、今日は人影がない。無人のオフィスは快適だ。作業に集中できるし、多少音を立ててもかまわない。もっとも、よっぽどうるさくない限り、向こうはあたしに注意をはらわない。話しかけてくることも、目を合わせることすらない。無視されているようで感じが悪いとこぼす同僚もいるけれど、体が透明になったみたいな感覚が、あたしはきらいじゃない。無理に喋ったり笑ったりしないですむのは気楽でいい。

この二年間、勤務中になにかしら声をかけられたことは数えるほどしかない。ちゃんとした会話となると、たった一度きりだ。

去年の秋、あたしは二十九歳の誕生日を迎えた。

朝から調子は最悪だった。今さらじたばたするつもりはないとはいっても、これが人生最後の誕生日かと考えたら気持ちは沈んだ。おまけに、大型の台風が近づいているとかで、天気が荒れていた。雨の日は清掃員の仕事が増える。濡れた土足で床が汚れるのだ。

午後は階段のモップがけを割り振られた。テナントの従業員や来客はたいがいエレベーターに乗るから、その脇にある階段はほとんど使われていない。従って、さほど汚れてもいない。ただ、濡れているとすべりやすくて危ない。何年か前に転倒事故があったそうで、雨の日はこまめに見て回る決まりになっている。

どちらかといえば好きな持ち場なのに、どうにも身が入らなかった。踊り場にさしかかるたび、はめ殺しの小窓からおもてを眺めた。外は夕方のように暗く、激しい雨がガラスをたたいていた。そのうちに雷まで鳴り出して、いっそう憂鬱になった。これも幼稚園時代に、例によって律子から、雷に打たれて死んだ不運な子どもの話を聞かされたことがある。真っ黒焦げになっちゃうんだって、と興奮ぎみに語られて以来、あの禍々しい音が聞こえるといやな汗が出る。

窓のほうはできるだけ見ないようにして、あたしはのろのろとモップがけを続けた。四階と三階の間にある踊り場までは。

そこで突然、これまでとは比べものにならないほど強烈な閃光が、薄暗い階段をかっと照らした。直後に、すさまじい雷鳴がとどろいた。

このビルに落ちたんじゃないかというくらいの、耳をつんざくような大音響だった。びりびりと窓ガラスが震えた。あたしは思わず悲鳴を上げた。モップが倒れ、その音が壁や床にこだまして、雷の残響と重なった。

手で耳をふさいでしゃがみ、背中をまるめる。もしかして、恐怖の大王っていうのは、雷のことなんじゃないか。どす黒い空から降り注ぐ不吉な稲光に射貫《いぬ》かれ、逃げまどう人々がばたばたと倒れていく光景が思い浮かんだ。のどをしめあげられたように苦しくなった。目に涙がにじんだ。

「大丈夫ですか？」

不意に、頭上から声がした。あたしは反射的に首を横に振った。

「恐怖の大王が……」

見ず知らずの他人に向かってそう口走ってしまったのは、かなり混乱していたせいだろう。あたしを見下ろしていた彼は、「恐怖の大王？」ときょとんとして繰り返した。

「ああ、ノストラダムスか」

穏やかな低い声音が、あたしを冷静にさせた。

しくじった。ふだんなら、赤の他人にこんなことは言わない。嗤《わら》われたり、気まずそうに話題を変えられたり、非科学的なことを言うなと訳知り顔でたしなめられたり、何度も失敗を重ねてあたしも少しはかしこくなった。

「いえ、あの、大丈夫です」

おたおたと言い直し、彼の顔色をうかがった。向こうも見つめ返してくる。優しいまなざしは、あきれたわけでも、ばかにしているわけでもなさそうだ。ちょっとほっとしていたら、彼がぽつりとつぶやいた。

「あれ、こわいよなあ」

さっきとはまた違う感じで、胸が震えた。あたしはふらふらと立ちあがった。

「えっ、なに？　どうした？　動いても平気？」

返事はせず、転がっていたモップの柄をつかんで、全速力で階段を駆けおりた。これ以上彼と向きあっていたら、心臓がどきどきしすぎて破裂しそうだったから。

その翌月に、あたしたちは再会した。同じく階段の踊り場で、ぎこちなく自己紹介をかわした。三階で働いていると和也さんは言った。勤め先の、美大受験向けの予備校には、あたしも何度か清掃に入ったことがあった。和也さんは絵の講師をやっているらしい。都内に教室が数カ所あって、ここには週に二日通っている。

ひととおり説明した後、和也さんはためらうように間をおいて、秘密を打ち明けるみたいにささやいた。

「実は、あれからずっと階段を使うようにしてて」

思いがけないひとことに、あたしは相槌を打ちそびれた。和也さんがもじもじして言い足した。

「また会えないかなと思ったから」

「あたしもです」

今度は、ちゃんと声が出せた。あたし自身も、あの日以来、仕事の合間に何度も階段をのぞきにきていたのだった。

和也さんがぱっと顔を輝かせた。

「気が合うな」

早番のシフトは朝が早い分、上がる時間も早い。この季節なら空はまだ十分に明るい。

今晩も和也さんと会う約束をしている。家に帰って待とうか、それともどこかで時間をつぶそうかと思案していたら、携帯電話が鳴った。

「今晩、ひま？　飲まない？」

律子はいつも、こうしていきなり連絡をよこす。仕事が忙しすぎて先の予定が立てづらいらしい。あたしは他に友達もいないし、動かせないような用もないのでかまわない。和也さんと出会ってからは、前ほどいつでも誘いに乗れるわけではなくなったけれど。

「あんまり遅くまでじゃなければ、いいよ」

「え、ちょっと朋江、まだあいつとつきあってるの？」

律子の声がとがった。

「まあいいや、会ってから話そう」

待ちあわせたタイ料理の店に、あたしたちはほぼ同時に着いた。

律子は常に高級そうなパンツスーツをびしっと着こなし、あたしなら三歩も歩けそうにない、爪先のとがったハイヒールをはいている。本人いわく、広告代理店の営業職は、とりわけ女は、見た目で侮られてはいけないそうだ。入社当初には絶好調だった業界は、バブルがはじけたとたん荒れに荒れたらしく、とんだ貧乏くじをひいたとしじゅうぼやいているけれど、それでもあたしよりは格段に羽振りがよさそうだ。

ふたり分のビールを注文し、律子はあたしの顔をじろじろ眺めた。

「元気？」

「おかげさまで」

正しくは、和也さんのおかげで、だ。律子にもそれは伝わったのだろう、唇を突き出す。子どもの頃から、悔しいとこの顔をするのだ。

「うん、確かに元気そう」

好きなひとができたと報告したときは、律子も喜んでくれていた。ところが和也さんが結婚していると打ち明けるやいなや、態度が豹変《ひょうへん》した。顔を合わせるたびに早く別れろと説教される。それか奥さんと別れてもらえ、と。話すんじゃなかった。律子は潔癖なところがあるから、黙っておくつもりだったのに。

　でも、律子に隠しごとをするのは、すごく難しい。昔からそうだった。内緒にしようとしても、たちどころに見抜かれてしまう。容赦なく問いただされ、洗いざらい白状させられるはめになる。

　だから、律子はあたしのことをなんでも知っている。小学校のマラソン大会を仮病でずる休みしたことも、高校時代にこっそりたばこを喫っていたことも。幼稚園児のときから変わらず、二十世紀の終わりに世界が滅亡すると信じていることも。

「朋江、変わったよね。ついこないだまで、あんなにドライだったのに」

　あたしがつきあってきた恋人のことも、律子は全員知っている。

　自分で言うのもなんだけど、あたしは顔も体も十人並みだし、異性をひきつけるようなとりえもない。なのに、学校でも職場でも、なぜだかあたしに関心を示すクラスメイトや同僚がいて――おおむねひとり、ごくまれにふたり、三人以上ということは決してない――、無邪気に近づいてくる。親しくなればそれなりに情はわき、楽しいと感じる瞬間もあるものの、長続きはしなかった。今にして思えば、しょせん流されているだけだったからだろうが、自分は恋愛というものに向いていないのだとあたしは長らく思いこんでいた。

でも違った。心に火がつかなかったのは、あたし自身ではなく相手の問題だったのだ。

「本気で好きじゃなかったんだね、たぶん」

あたしが言うと、律子はぎゅっと眉根を寄せた。

「本気になれる相手に会えたってこと自体は、めでたいなと思うよ。だけど、よりにもよって、既婚者にいかなくても」

あの日、あたしは雷に打たれた。

落雷は山火事の原因にもなるらしいけれど、あたしもひとたまりもなかった。心に火がつく、なんて生やさしいものじゃない。あっというまに燃えあがった炎は、いつまで経ってもおさまる兆しがない。当のあたしですら時にたじろぐほど、一段と激しく燃えさかっている。

「なに食べよっか」

話の矛先をそらすべく、あたしはメニュウを開く。どの料理もおいしそうだ。和也さんとは、こういうアジア系の店にはまず行かない。和也さんはパクチーもナンプラーも唐辛子も苦手だ。そもそも、あたしたちはめったに外食をしない。和也さんの知りあいに出くわしたらまずい。

生春巻と、空心菜いためと、青パパイヤのサラダを頼んだ。律子がメニュウをぱたんと閉じて、「でもさ、妻子持ちとの恋愛なんて不毛でしょ」と話を戻す。

「離婚してくれるっていうなら話は別だけど。あ、もしかして、そんなこと言われたりしてる？　浮気男の言い訳を鵜呑《うの》みにして、舞いあがってちゃだめだからね。向こうの思う壺だよ」

「まさか」

苦笑したら、にらまれた。

「なに笑ってんの。お前には言われたくないよって感じ？」

「いやいや」

あたしも律子のことはよく知っている。中学のとき部活の先輩に告白して玉砕したこと、バブルが崩壊した直後は社内のぎすぎすした雰囲気に耐えかねて本気で転職を考えていたこと、交際中の恋人が一向にプロポーズしてくれなくていらだっていること、あとは、何年か前に不倫の恋に巻きこまれかけたことも。相手は確か、取引先の担当者だった。結婚しているのを隠して口説かれたそうで、律子はしきりに憤慨していた。

和也さんは、そんな卑怯なうそはつかない。家庭があることも自分から打ち明けてくれた。なめられてるってことじゃないの、と律子は不満げに毒づくけれど、誠意があるとあたしは思う。

それに、あたしは和也さんと結婚したいわけじゃない。

「もう、すっぱり別れな。ずるずるつきあってても、未来がない」

「未来って」

あたしはふきだしてしまった。

「今年は一九九九年だよ？」

あたしの望みはたったひとつ、世界の終わる瞬間に和也さんのそばにいることだけだ。いつもみたいに抱きしめてもらえれば、なんにもこわくない。

「またそんなこと言って」

律子が眉を上げる。

「そんな顔しないでよ。律子が教えてくれたことじゃん」

「悪かったと思ってるよ」

律子はばつが悪そうに目を泳がせた。責任を感じているのだ。幼なじみが将来に夢も希望も持たず、ぶらぶら気の向くままに暮らしているのは、自分がろくでもないことを吹きこんだせいだ、と。以前、酔っぱらって涙目で謝られた。その罪悪感もあって、激務の合間をぬって定期的に連絡をくれているのかもしれない。まったく、律子の律は、律儀の律なんだろうか。

「悪くないってば。教えてもらってよかったと思ってるよ、あたしは」

おかげで無意味な努力をしないですんだ。大学受験、就職、結婚、出産、周りのみんなは人生ゲームさながらに、ちまちまとコマを進めている。サイコロの目に一喜一憂しても、どうせゴールにはたどり着けないのに。その前に、無慈悲な大王がゲーム盤をまるごとひっくり返す。

律子が深くため息をついた。

「いいかげん、現実見なよ。あんた、世界が滅びなかったらどうするつもり？」

あたしの正直な答えは「今さら困る」だ。

この問いについてはなるべく考えたくない。ふとした拍子に浮かんできたら、全力で心の底に押し戻す。考えてもしかたのないことはくよくよ考えこまないに限る。せちがらい世の中を心安らかに生きていくにはそれが一番だ。今この瞬間が楽しければ十分、と和也さんもよく言っている。あたしたちは本当に気が合う。

「ま、来月にはわかることだもんね」

律子があきらめたようにつぶやいた。折よく生春巻がテーブルに運ばれてきた。


授業を終えた和也さんからメールが届いたのは、九時過ぎだった。あたしたちはかわるがわるビールをおかわりし、追加で注文したパッタイとグリーンカレーを半分こしてたいらげ、デザートのミントシャーベットも食べ終えようとしていた。そういえば和也さんはミントも苦手だ。歯磨き粉を間違えてのみこんでしまったみたいで気持ち悪くなるらしい。

「ごめん、律子。そろそろ帰らないと」

返信を打とうとしていたら、見せて、と律子に携帯電話を奪いとられた。手つきが危なっかしい。酔いが回ってきたのかもしれない。せっかく奮発して買ったのに、汚れたお皿の上に落っことしやしないか、ひやひやする。あたしにとってはぜいたくな買いものだったのだ。和也さんと連絡をとりあうために、背に腹は代えられなかった。

「仕事やっと終了。疲れた。早く会いたいな」

律子は珍妙な声色を作って文面を読みあげ、ふん、と鼻を鳴らした。

「なによ、この芸のない文章。小学生の作文じゃあるまいし。てか、絵文字多すぎじゃない？　四十路《よそじ》のおっさんのくせに、ハートマークなんか使っちゃって」

「まだ三十代だよ」

和也さんは三十九歳だ。あたしたちより十歳近く年上だけれど、十代の生徒と日常的に接しているせいか、外見も内面も年齢のわりに若々しい。そうほめると、まんざらでもなさそうに喜んでみせるところも、素直で憎めない。

「しかも、売れない絵描きでしょ？　おまけに奥さんも子どももいる。言っちゃあ悪いけど、どこがいいわけ？」

「全部」

「ああもう、三十路の女が女子高生みたいなこと言わないでよ」

「まだ二十代だってば」

三十代には永遠にならない、とつけ足すのはやめておく。堂々めぐりの言い争いをまた蒸し返したくない。

ふと、律子がまじめな顔になった。

「ねえ、いつもこうやって、向こうの都合に合わせて呼び出されるわけ？」

「別に、呼び出されてないよ。あたしの家に来てくれるんだし」

「そりゃ、あっちの家に行くわけにいかないもんね」

皮肉っぽく言う。

「だけど、こんな時間から押しかけてこられるって、しんどくない？　朋江、明日も朝早いんでしょ」

「全然しんどくない」

あたしが即答すると、律子は頭を振った。

「まあ、朋江がいいならいいけど。でも睡眠はちゃんととりなよ。わたしたちだってもう若くないんだから」

「まあね」

「まあね、じゃないでしょ。責任もとれないくせに、三十の女にちょっかいかけてくるって、神経疑うよ。男ってやつは、どいつもこいつも」

いまいましげに顔をしかめ、ぶつぶつ言っている。どうやら私怨もまじっているようだ。話を聞いてあげたいところだけれど、あいにく時間が押している。どうしようかとあたしが迷っていたら、

「あ、そうだ」

と律子が声の調子を変えた。バッグを探り、封筒を取り出す。

「これ、あげる」

遊園地のペアチケットだった。会社の顧客から譲り受けたらしい。週末はおそろしく混むので平日に行くつもりだったが、なかなか休みがとれず、使いそびれているうちに期限が迫ってきたという。

「今月いっぱいまでなんだ。朋江は平日でも行けるよね？」

清掃員の仕事はひと月ごとにシフトが組まれる。原則として週休二日で、平日と土日にそれぞれ一日ずつ休む。前月のうちに希望を申し出ておけばたいがい通る。平日の休みを、あたしは火曜にあてている。和也さんは曜日ごとにあちこちの校舎で授業があって、火曜だけが完全に休みなのだ。

とはいえ、火曜日にふたりで会うことはめったにない。和也さんは忙しい。週に一度きりの、まとまった時間がとれる日に、やっておくべきことがいろいろあるだろう。自分の絵を描いたり、講義の準備をしたり、それから、家庭の用事をこなしたり。あたしも強引に誘うつもりはない。あくまでも、念のために予定を空けてあるだけだ。

「どう？　朋江、昔から遊園地とか好きでしょ」

チケットに目を落としているあたしに、律子は言う。

「好きだけど」

「彼は？　こういうの、苦手そう？」

「いや」

きっと楽しむと思う。子どもみたいにはしゃぐ姿が目に浮かぶ。和也さんは少年の心を忘れないひとだ。芸術家だからかもしれない。

「じゃあ誘ってみなよ。たまには昼間に会えば？　普通の恋人どうしみたいに」

確かに、遊園地でデートなんて、いかにも「普通の恋人どうし」っぽい。あたしと和也さんが会うのは決まって日が暮れてから、あたしの部屋で過ごすか、外に出るとしてもせいぜい近所の飲み屋くらいだ。

「いつもは朋江が合わせてあげてるんでしょ。遊園地くらいつきあってもらったって、バチはあたんないって」

律子がチケットをあたしの手に押しつける。

「ありがとう」

あたしは降参した。押し問答を続けても、どっちみち勝ち目はない。律子のことだから、あたしが心を動かされているのはお見通しだろう。

アパートにやってきた和也さんに、さっそくチケットを見せた。

「来週の火曜日なら、あたしも休みなんだけど」

「次の火曜か……」

和也さんは顔を曇らせた。あたしは急いでチケットを封筒に戻した。

「いいの。気にしないで。たまたまもらっただけで、あたしもそんなに行きたいわけじゃないし」

「そう？　ごめんな、せっかくなのに」

和也さんがふにゃりと目尻を下げて、あたしを抱き寄せる。

「ああ、会いたかった」

「あたしも」

腕の中にすっぽりおさまったとたん、遊園地のことはどうでもよくなった。律子につい乗せられてしまったけれど、わざわざ遠くまで出かけなくたって、和也さんと一緒にいられたらそれでいい。あたしたちふたりにとっては、このアパートこそが心おきなくくつろげる居場所だ。

いよいよ世界が滅びるときが来たら、ここで落ちあう約束になっている。たとえ携帯電話が通じなくなっても、電車がとまってしまっていても、お互い、なんとかしてこの部屋をめざすのだ。

「朋江ちゃんとこうしてると、落ち着くなあ」

しみじみと言う和也さんの背中に、あたしも手を回した。肩にあごをのせて、狭い室内を眺める。ベッドに座卓、旧式のテレビをのせた棚、家具はその三つしかない。かつての恋人たちからは、若い女らしくもない殺風景な部屋だと不評だった。和也さんだけが、よけいなものがなくてさっぱりしている、とほめてくれた。

和也さんはほめ上手だ。彼にかかれば、あたしは「天使みたいに純粋」で「どこまでも自由」で「世界一かわいい」女だということになる。さすがに持ちあげられすぎているようで照れくさいけれども、和也さんといると、自分が思いのほか悪くない人間のような気がしてくるのも事実だ。

もっとも、和也さんとつきあって一年足らずの間に、あたしの部屋は殺風景とは呼べなくなっている。

家具が増えたわけではない。変わったのは壁だ。見渡す限り一面に、絵が飾ってある。和也さんはこの部屋に来るたび、あたしをモデルにしてスケッチをする。「そのまま、ちょっと動かないで」と声がかかったら、その合図だ。

和也さんが鞄から出したスケッチブックにさらさらと鉛筆を走らせている間、あたしは言われたとおりじっとしている。十分かそこらで描きあがるから、さほど苦痛ではない。最初の頃は、まじまじと見つめられてどぎまぎしたけれど、今ではそのなめるような視線がむしろ心地いい。

右下に小さくアルファベットでサインを入れて、絵は完成する。和也さんはそのページを破りとり、あたしにくれる。

「絵を上手に描くには、どうすればいいと思う？」

はじめてあたしの絵を描いてくれた夜、和也さんはもったいぶった調子でたずねた。

「さあ」

「好きなものを描くことだよ。だからこの絵は、おれの最高傑作ってことだな」

日に日に絵は増え続け、今や壁全体が覆われている。最近では、新作を貼るために古い分をずらしてスペースをこしらえないといけない。

笑っているあたし。眠っているあたし。あぐらをかいてテレビを見るあたし。ポテトチップスを食べるあたし。大口を開けてあくびをするあたし。服を着ているのも、裸のも、その中間のもある。何十人ものあたしが、四方からあたしたちを見下ろしている。

ひとりで家にいるとき、あたしはこの一枚一枚をじっくりと眺める。描かれているのは自分の姿だけれど、あたしの目には、黙々と鉛筆を動かす和也さんの姿が見える。まるで、あたしが絵の中に入りこんで、和也さんと向かいあっているかのように。

火曜日はいつもどおり、ひとりで過ごすことにした。これもいつものように、前日の晩は夜ふかしした。和也さんの授業が終わる時間になっても連絡はなかった。こっちからかけてみようか、迷いに迷ってやめておく。

なにかあったら遠慮なく電話やメールをしていいとは言われている。朋江ちゃんがピンチのときは、いつだって飛んでいくからね、と。でも今のところ、飛んできてもらうような緊急事態は起きていない。単に声が聞きたいというだけで電話をかけるのは気がひける。よけいなことをして和也さんの家族に勘づかれたら大変だ。

テレビドラマやワイドショーでは、夫に恋人がいると知った妻は怒り狂い、凄絶な修羅場が繰り広げられると相場が決まっている。泥沼を避けるために、あたしたちは細心の注意をはらって秘密を守り通さなければいけない。残された貴重な時間を、波風立てず平穏にまっとうしたい。

そうだ、遊園地なんか行かないほうがいい。どこで誰に見られているか、わかったものじゃない。

携帯電話を放り出し、手持ちぶさたにテレビをつけたら、深夜番組で世紀末特集をやっていた。ノストラダムスの大予言とともに、コンピュータの二〇〇〇年問題とやらがとりあげられている。世界中でいっせいに機械の誤作動が起き、大惨事につながるおそれがあるという。ふたつを関連づけて論じる専門家もいた。

ぼうっと見入っているうちに、いつのまにやら空が白み出した。徹夜明けの目にさわやかな朝日がまぶしい。

絶好の外出日和だ。寝不足で頭が働かないまま、あたしはふらりと家を出た。

職場とは反対方向の電車に乗り、日頃は降りることのない駅で降りた。ただし駅前の景色には見覚えがある。半年ばかり前に、一度来たからだ。

今回も、前と同じ道筋をたどった。商店街を抜けてなだらかな坂を上る。閑静な住宅街に清らかな陽ざしが降り注いでいる。こぎれいなスーツを身につけ、せかせかと坂を下っていく男女とすれ違うたび、歩道の端に寄ってやり過ごす。くたびれた部屋着姿では肩身が狭い。気にしているのはあたしだけで、彼らはこっちに見向きもしないにしても。

遅ればせながら、緊張してきた。坂を上りきると和也さんの家はすぐそこだ。もしもばったり出くわしてしまったら、なんて言おう。

自宅の住所を知ったきっかけは、定期入れだった。黒革の、ふたつ折りのやつだ。和也さんがアパートから帰った後、床に落ちているのを見つけた。盗み見する気はなかったけれど、なにげなく拾いあげた拍子に、挟んであった運転免許証が目にとまった。

顔写真が、まず目をひいた。髪が長めで、あごひげを生やしているのも新鮮だった。それから生年月日にも注目した。忘れないように、書きとめておくことにした。ついでに住所も。なにも実際に家を訪ねるつもりはなかった。出会ってまもない頃で、和也さんのことを少しでも知りたかったのだ。

和也さんは自分の話をあまりしない。するとしても、仕事のことや絵のことで、家族の話は出ない。あたしに気を遣っているのだろう。ただ、子ども時代の思い出話は時折してくれる。お父さんは学者で、お母さんは専業主婦だという。両親とは今も同居していて、和也さんはお母さんと仲がいいようだが、あたしはお父さんのほうに興味をひかれた。そうとう変わり者らしいのだ。変わった子だと幼い頃からさんざん言われ続けてきたあたしとしては、そこはかとなく親しみを覚える。

「根っからの変人なんだ。頭がよすぎるのかもな」

和也さんは肩をすくめていた。あたしは頭が悪いから、そこは違う。

「ま、幸か不幸か、おれにはまったく遺伝しなかったけどね」

珍しく投げやりな調子だったので、口を挟みそびれた。心の中で、不幸ではない、とひそかに思った。和也さんは今のままで完璧だ。

周囲に目を配りつつ、四つ角を右に折れる。道幅がぐっと狭まる。

和也さんの家を見にいってみようかと思いついたのは、年の瀬のことだ。今日と違って、鉢あわせの心配はなかった。和也さんは旅先で新年を迎える予定だった。両親を温泉に連れていくと言っていた。連れていくのは両親だけではないはずだったけれど、あたしはあえて深追いしなかった。こういう時期に、家庭のある恋人と会えるとは期待していなかったし、特に落胆もせず、例年どおりアパートでひとり年を越した。あたし自身には、ともに年明けを祝う家族はいない。両親はあたしが高校生のときに離婚した。その後、父とは一度か二度しか会っていない。母とも気が合うわけではなく、実家を出てからは疎遠になった。

ほとんど人通りがないのは、半年前と変わらない。

向かって右手に、古めかしい瓦屋根の一戸建てが二軒並んでいる。奥の平屋が和也さんの家だ。道を挟んだ向かいは駐車場で、ぐるりとフェンスがめぐらされている。

角を曲がったら、直射日光を真正面からもろに浴びてしまい、くらりとした。なぜ自分がこんなところにいるのか、にわかにわからなくなってくる。なけなしの力を振りしぼって、よろよろと道端の電柱に歩み寄る。和也さんの家のご近所で、日射病で倒れるわけにはいかない。

日陰でめまいがおさまってきたところで、ぎい、ときしむような音がして、あたしは飛びあがった。

和也さんか家族が出てきたのかと一瞬ぎょっとしたが、開いていたのは隣家の門だった。あたしの親くらいの年代のおばさんが、まるくふくらんだ黒いゴミ袋をぶらさげて、道をななめに横ぎっていく。見れば、駐車場のフェンスの脇に、すでに同じような袋がいくつか積んであった。

ゴミを置いたおばさんは、あたしに気づいた。会釈はしてくれたものの、自宅のほうへ引き返す間も、こっちをちらちらとうかがっている。見慣れない顔だと警戒されたのか、電柱の陰にこそこそ隠れている姿も不審だったのかもしれない。

あたしはやむなく歩き出した。ここで回れ右して逃げると、よけいにあやしまれそうなので、まっすぐ進む。家に入っていくおばさんの後ろをこわごわ通り過ぎ、和也さんの家も素通りした。

数メートル先でおそるおそる振り向いてみたら、おばさんはもういなかった。安堵のせいか、どっと疲れを覚えた。あたしはなにをしてるんだろう。もう帰ろう。シャワーを浴びて、冷たいビールでも飲んで、ひと眠りしよう。

来た道を戻ろうと足を踏み出した瞬間、ぎい、と再び門の開く音が聞こえた。

和也さんの家から出てきたのは、すらりとした女のひとだった。駅のほうへ、大股で坂を下っていく。

和也さんの奥さんがどんなひとなのか、まったく気にならなかったと言ったらうそになる。一度だけ勢い余って「どんなひと？」と質問してしまったこともある。和也さんはしばらく考えて、ぼそぼそと答えた。

「しっかり者」

そのひとことで、おしまいだった。快活で饒舌《じょうぜつ》な和也さんらしくもない。あたしも口をつぐむほかなかった。

そんなわけで、和也さんの奥さんについて、あたしはなにひとつ知らない。年齢も、名前も、専業主婦なのか共働きなのかも、夫婦仲はどうなっているのかも。詮索するつもりもなかった。知ったところでどうしようもない。

でも、こうして本人が目の前に現れたら話は別だ。

あっけにとられていたあたしは、われに返って後を追った。平日の朝から出かけていくということは会社員だろうか。つるつるした素材の白いブラウスに黒のタイトスカートという服装といい、きちんと結いあげたまとめ髪といい、堅い仕事っぽい。

背が高い。やせている。姿勢がいい。あたしはメモをとるように、彼女の特徴を数えあげていく。あとは、歩くのがとても速い。それでいて、せわしない印象はない。しゃんと背筋を伸ばし、長い足をきびきびと動かして、優雅に坂を下っていく。あたしはスニーカーで、あっちは華奢なハイヒールだというのに、気を抜いたらたちまち距離が広がってしまう。

駅に着くと、彼女は定期でするりと改札を抜けた。

あたしは舌打ちして券売機に駆け寄った。できるだけ高い切符を買って、ホームに駆けこむ。間が悪く電車が到着したところで、通勤客がぞろぞろと降りてくる。やみくもに人波をかきわけ、閉まりかけているドアを間一髪ですり抜けて、なんとか彼女と同じ車両にすべりこんだ。

先に乗った彼女は、奥のドアのそばまで押しこまれていた。窓の外に目をやっていて、不慣れな全力疾走で息たえだえのあたしを気にするそぶりはない。遠目ながら、はじめて顔をまともに見られた。きれいなひとだ。派手な美人ではないけれどととのった目鼻立ちで、知的な雰囲気を漂わせている。

意外だな、と思う。彼女の容貌が、ではなくて、自分がこうして和也さんの妻を平静に観察していることが。もっと心がざわつくと覚悟していたのに、どういうわけか、嫉妬も敵意もわいてこない。ただただ、目が離せない。

七つめの駅で、あたしは彼女についてホームに降りたった。

知らない駅だった。駅前にのびる緑道を、彼女はすたすたと歩いていく。一定の距離を保って、あたしも追いかける。

等間隔にベンチが置かれ、遊具や花壇もあって、通路というより細長い公園のような風情だ。道に沿ってしゃれた個人商店がぽつぽつと並び、従業員が店先を掃いたり看板を出したり、まめまめしく立ち働いている。パン屋と喫茶店はひと足先に営業中で、お客さんが出入りしている。

十分ほど歩き、シャッターの下ろされた一軒の前で彼女は立ちどまった。あたしも足をゆるめて様子をうかがった。これといった特徴のない、レンガ造りの四角い建物である。看板のようなものは見あたらない。なんの店だろう。それとも、事務所かなにかだろうか。

がらがらと威勢のいい音を立ててシャッターが開き、こげ茶色のドアが現れた。傍らに表札が出ている。

いや、表札ではなくて、看板と呼んだほうがいいだろう。ドアと同じ色のそれには、〈ＡＲＴ　ＧＡＬＬＥＲＹ〉と金色の文字が刻みこまれていた。

彼女は建物の中へ入ってドアを閉めた。あたしはその前を通り過ぎ、少し先のベンチにへなへなと腰を下ろした。

どうしよう。アートギャラリーなんて、これまでの人生で一度も足を踏み入れたことがない。しかもこんな格好では、「アート」を買いに来たお客には見えっこない。かといって、このまま帰る気にもなれない。

幸い、あたしの座ったベンチは絶妙な位置にあった。体を正面に向けたまま目だけを動かして、茶色いドアがぎりぎり視界にひっかかる。この角度と距離なら、あちらから見とがめられることはないだろう。彼女が出てきてドアに営業中の札をかけたときには、下を向いて携帯電話をいじっているふりをしてやり過ごした。

本日ひとりめのお客は、杖《つえ》をついたおじいさんだった。眼光が鋭く、見るからに美術に造詣の深そうな威厳があった。店内にいたのは三十分ほどで、帰り際には彼女も店の前まで出てきて、うやうやしくおじぎをして見送った。入れ違いに、今度は五十代くらいの、太ったおばさんがやってきた。先ほどのおじいさんと同じく裕福そうな身なりで、出てくるまでの時間も似たりよったりだった。

三人めは、前のふたりとはがらりと印象が違った。二十歳そこそこの若者だ。ほぼ金色に近い、ごく明るい茶髪で、だぼだぼの黒いＴシャツを着ている。ジーンズの両膝がぼろぼろに裂けているのは、貧乏なわけではなくファッションだろうが、それにしたって美術品を買い求めるようなお金持ちには見えない。

堂々と店内に入っていく彼に勇気づけられて、あたしも立ちあがった。この先客と一緒なら、悪目立ちしなくてすむかもしれない。

深呼吸して、ドアを開ける。

中はひんやりと涼しく、狭い間口のわりに奥ゆきがあった。額縁に入った絵が展示されている壁も、床も天井も白い。入口のそばにかかった風景画の前で、彼女が茶髪の若者と立ち話をしていた。あたしに目礼し、また会話に戻る。

あたしは胸をなでおろし、壁に沿って奥へ進んだ。背後からふたりの話し声が聞こえてくる。話題になっているのは、絵の技法に関することのようだった。専門用語が多くて、あたしにはちんぷんかんぷんだ。

ちんぷんかんぷんといえば、飾られている絵もいまいちぴんとこない。どれもやけに雰囲気が似通っていると思ったら、同じ画家の作品らしい。隅に貼られたポスターに、期間限定の展覧会だと書いてある。うつろな目つきで宙をにらみつける老人、見ているだけで凍えてしまいそうな荒涼とした雪原、みすぼらしくやせこけた犬の群れ、辛気くさいものばかりが暗い色調で描かれている。和也さんの絵のほうがずっといい。

つきあたりの壁の前までたどり着き、そこではじめて、横にもうひとつ部屋がつながっていることに気づいた。こっちにも、絵がずらりと展示してある。隣とは違い、一点ずつ画風が明らかに異なっている。

ざっと見回したところで、向かいの壁の、中ほどにかかった一枚が目にとまった。縦はゆうに一メートル以上、横幅もその三分の二くらいはある、大きめの油絵だ。といっても、もっと大きな作品も他に何枚かある。どうして特別に目をひかれたのかわからないまま、あたしはその絵の前に吸い寄せられていた。

真正面に立ってみて、謎が解けた。

右下の隅っこに、見覚えのあるサインが書き入れられている。額の傍らには、小さなプレートが添えてあった。

一九九八年、藤巻和也作、「夏至の朝」。

描かれているのは、緑あふれる広場か庭のような場所である。中央に誰かがたたずんでいる。背を向けていて顔は見えない。服装や髪型からして、男性だろう。腰に手をあて、上半身を軽くそらして頭上をあおいでいる。視線の先にあるのは木々のこずえか、その向こうにのぞいている瓦屋根か、はたまた、晴れわたった淡い水色の空だろうか。

あおあおと茂った木の葉も、まばらに浮かんだ雲も、人物の足もとにのびる長い影も、隅々まで丁寧に描きこんである。あたしの部屋に貼った簡素なスケッチ――和也さんいわく最高傑作――の何倍もの、ひょっとしたら何十倍、何百倍もの時間と手間がかかっているに違いない。

「お気に召しましたか？」

だしぬけに声をかけられて、息がとまりそうになった。あたしの真横に立った彼女は、にこにこして続けた。

「わたしもこの絵は好きなんです。新しい一日のはじまる予感というか、希望みたいなものが伝わってきて。ちょうど、今の季節にもぴったりですし」

愛想よく言って、「あら」と口もとに手をやった。

「今の季節っていうか、まさに今日ですね。すごい偶然」

うれしそうに声をはずませる。あたしはあいまいにうなずくのがせいいっぱいだった。

「実は、近々この作家の個展をやることになっているんですよ。よかったら、ぜひいらして下さい」

作家？　個展？　なじみのない単語が、耳の奥にひっかかって反響した。必死に声をしぼり出す。

「近々？」

「はい、この秋に。九月のはじめです」

あたしは今度こそ絶句した。

「新作が中心になるかと思います。ひさしぶりの個展なので、はりきって準備を進めているみたい。もしご予定が合うようなら、お運び下さい」

予定？

九月の予定なんか、あるはずがない。だって人類は滅亡した後だ。あたしも、和也さんも、もういない。

あたしはギャラリーを飛び出した。


駅の方向へ、緑道をずんずん進む。こんがらがった頭の中に、いろんな声が入り乱れ、でたらめに響きあっている。

個展をやることになっているんですよ――もう安心だ、おれがついてる――いいかげん、現実見なよ――九月のはじめです――おれの最高傑作――あんた、世界が滅びなかったらどうするつもり？――はりきって準備を進めているみたい――朋江ちゃんがピンチのときは、いつだって飛んでいくからね。

まさに今、あたしは猛烈にピンチだ。絶体絶命といっていい。

和也さんに会いたい。一刻も早く飛んできてほしい。力いっぱい抱きすくめてほしい。個展なんてやるはずないじゃないか、人類は滅亡してるのに、と笑い飛ばしてほしい。

世界が滅びるのがこわかった。幼い頃はもちろん、おとなになってからも、ときどき得体の知れない恐怖に襲われた。和也さんと出会うまで、その恐怖をわかちあえる仲間もいなかった。そうして今、情けないことに、あたしはまた子どもみたいにおびえている。

もし、万が一、世界が滅びなかったらどうしよう。

目の前の風景がじわりとにじみ、手の甲で力任せに目もとをこすった。何度もまばたきを繰り返したら、視界が少しだけくっきりした。緑道の先から、和也さんが歩いてくる。

和也さんが、歩いてくる？

あたしは立ちすくんだ。豆粒のような人影に目をこらす。他人の空似だろうか。空似どころか、和也さんに会いたいと強く念じるあまり、無理やり面影を重ねてしまっているだけかもしれない。

落ち着け、と自分に言い聞かせ、あらためて見つめる。彼は着々と近づいてくる。うつむきかげんなのは、手に持った携帯電話に気をとられているせいだろう。メールを打っているようで、指をせわしなく動かしている。

見間違いじゃない。和也さんだ。

きっと、救いを求めるあたしの呼び声が届いたのだ。それで、約束していたとおり、飛んできてくれた。

うれしくて、愛《いと》しくて、胸がいっぱいになった。和也さん、と叫びかけ、あたしははっと口をつぐんだ。なぜこんなところにいるのか、どう説明しよう。奥さんを尾行してきたとは言えない。たまたま通りかかったというのもわざとらしい。それらしい理由を思いつけずにいるうちに、距離はじりじりと縮まっていく。

とっさに後ずさり、道の端にずれた。片足が花壇の縁石を踏んでよろけそうになる。

和也さんが携帯電話に目を落としたまま、横を通り過ぎた。呆然と突っ立っているあたしには、目もくれずに。

和也さんのほうには、なぜこんなところにいるのか、「それらしい理由」がある。目的地はあのギャラリーに違いない。例の展覧会がめあてなのか、単に妻の顔を見に寄っただけなのか、もしかしたら、自分自身の個展に向けた打ち合わせかもしれない。いずれにしても大切な用事なのだろう。少なくとも、あたしと遊園地に行くよりは。

あたしはそろそろと振り向いた。和也さんがお尻のポケットに、無造作に電話を突っこんだところだった。震える手で、あたしは自分の携帯電話を出した。祈るような気持ちでフリップを開く。

祈りは、かなわない。メールの着信はない。和也さんが熱心に打っていたメールの宛先は、あたしじゃないからだ。

画面を切り替えて通話履歴を開く。同じ名前ばかりが並んでいる。あたしは通話ボタンを押し、ひらたい機械を耳に押しあてて、和也さんの背中を目で追った。着信に気づいたようだ。片手を後ろに回し、ポケットにしまったばかりの携帯電話をもう一度ひっぱり出そうとしている。

あたしはつばをのみこんだ。和也さんに、なんて言おう。今どこにいる？　なにしてる？　ちょっと後ろを振り返ってみてくれない？

ねえ和也さん、人類は、あたしたちは、来月滅亡するんだよね？

耳もとで単調な呼び出し音が鳴り響く。まばたきも忘れて、あたしは和也さんを凝視する。右手をポケットに差し入れ、携帯電話をつかみ、ひじを軽く曲げ、腕をひねって体の前へ戻す、ひとつひとつのしぐさが鮮やかに目に焼きつく。カメラのシャッターを押すように。一枚ずつスケッチを描くように。

絵を描くときは光のかげんも重要だ、と和也さんがいつだったか教えてくれたことがある。確かに、明るすぎる真昼の太陽のもとでは、慣れ親しんだ後ろ姿が見知らぬ他人のように見えてくる。壁中が絵で埋めつくされたあの狭い部屋で、あたしが夢中で抱きあっていた相手は、本当にこのひとだろうか。ひそやかに積み重ねてきた夜の思い出が、まるで幻みたいに、あるいは妄想みたいに、頼りなくかすんでいく。

和也さんが電話をポケットに戻した。心もち、足を速める。

あたしは携帯電話をきつく握りしめる。呼び出し音は鳴りやまない。やわらかく澄んだ陽ざしを浴びて、和也さんがみるみる遠ざかっていく。

二〇一〇年

穀雨

いつもどおりの朝だった。いつもの時間に家を出て、いつもの道をたどる。家々の庭先にバラやツツジが咲き乱れている。どこかで赤ん坊が泣いている。首をめぐらせた拍子に、味噌汁《みそしる》のにおいが鼻をかすめた。

古ぼけた歯科医院の角を曲がると、バス通りにつきあたる。二車線の道路を車がゆきかっている。横断歩道の先にあるバス停には、これもいつものとおり、短い列ができている。

最後尾に並び、車道とは反対側にめぐらされた柵の向こうをのぞいてみた。数メートル下を川が流れている。流れがいつになく速いのは、ゆうべの雨のせいだろう。明け方にはやんだものの、空はまだどんよりと暗い。午後あたり、また降り出すかもしれない。

子どもの頃、友達の間で「川」といえば、この小梅川《こうめがわ》のことを指した。泳ぐには浅すぎるが、水に足をひたして遊べるし、ザリガニやカエルもとれて、特に男子には人気だった。昭和四〇年代、テレビゲームもインターネットもまだない、のどかで素朴な時代の話である。土手には原っぱが広がり、雑草の陰にバッタやカマキリがひそんでいた。小魚をねらうサギもやってきた。夏場には蛍も飛んだ。

それが今や、土手も河原も鉛色のコンクリートでがっちりと固められ、味気ないことこの上ない。サギも蛍ももういない。旧友たちと飲みにいくたび、昔はよかったよなあ、と昔話に花が咲く。彼らの大半は私と同様に地元で就職し、実家のそばで暮らしている。数年に一度は開かれる同窓会以外でも、会う機会は少なくない。

昔はよかった。

ただし日常生活では、それは禁句である。娘たちのみならず妻にまで、年寄りくさいとばかにされる。むろん職場でも口にはできない。自然のままがよかったのに、などとぼやこうものなら、土木課の連中に怒られてしまう。

エンジンの音が聞こえて、振り向いた。近づいてくるバスのフロントガラスにかかげられた案内板には、市役所行き、と大きく表示されている。

五階建ての市庁舎は、バス停の真ん前に建っている。

開庁時刻まで、正面玄関にはシャッターが下りている。同じく出勤してきた顔見知りの職員たちと挨拶をかわしつつ、裏の通用口をくぐって階段を上る。薄暗い廊下の先、防災課と書かれたドアを開けたところまでは、引き続きいつもどおりだった。その直後に、異変に気づいた。

奥のデスクに課長が座っている。

「おはようございます」

動揺が声ににじまないように注意して、声をかけた。課長は目も上げず、もそもそと答える。

「おはようございます」

四月一日付けでここ防災課に異動してきて、もうじき三週間になるけれど、私のほうが遅く登庁するのはこれがはじめてだ。

課長は毎朝、始業時刻ぎりぎりに悠々とやってくる。夕方は五時十五分、すなわち定時きっかりに、これまた悠々と部屋を出ていく。五時にはさっさとパソコンの電源を落とし、たいして散らかってもいないデスクの上を片づけはじめるという周到さだ。課長を見送った後、部下たちもいそいそと帰り支度にとりかかり、六時を待たずに部屋はたいがい空っぽになる。

日中からすでに無人のデスクもいくつかある。私の向かいは、育児休暇から復帰したばかりの若い女性職員だ。時短勤務の扱いだが、子どもがしょっちゅう熱を出し、労働時間はさらに大幅に短縮されている。その右隣の空席は、心の病で休職中の男性職員で、私はまだ顔を合わせたことがない。体調をくずしたせいでここへ異動になったのだろう。

そういう部署なのだ。私も人事課にいたことがあるので知っている。年度の要員計画を立てるにあたり、人員削減が必要になると、まっさきに候補に上る。十年以上前、関西の震災の後にはあわてて拡充がはかられたものの、ほとぼりが冷めたら元に戻った。どこも人手は不足している。起きるかどうか定かでない災害のために、貴重な人材を遊ばせておく余裕はない。量の面でも、質の面でも。

現に、それで防災課の業務に支障が生じている様子はない。

異動初日に私が仕事の指示をあおいだところ、課長は大儀そうに壁際のキャビネットを指さした。

「とりあえず、あのへんの資料に目を通してみて下さい」

私は雑然と並んでいる大判のファイルをざっと物色し、防災マニュアル最新版と題されたぶあつい一冊を選んだ。最新と謳《うた》うわりに、綴《と》じこまれた紙が黄ばんでいるのは少々気にかかったが、今後のために読んでおいて損はないだろう。

丸一日かけて読み通し、翌朝、念のためにもう一度だけ、なにかやることはないかと課長にたずねてみた。うすうす覚悟はできていたから、面倒くさそうに首を横に振られても、前日ほどはまごつかずにすんだ。以来、キャビネットの資料に粛々と目を通し続けて、今日に至る。

ここのファイルを全部読みつくしてしまったらどうすればいいのかとひそかに気をもんでいたので、課長に手招きされてほっとした。

「ちょっと、いいですか」

先月までの私であれば、上司からこう切り出されたら内心げんなりしたに違いない。ただでさえ忙しいのに、また仕事が増えるのか、と。

どうやら仕事というものは、多すぎても少なすぎてもいけないらしい。なにもやることがないのは一見楽なようで、精神的にはなかなかきつい。知らなかった。こんな境地に至るには、今まで私は忙しすぎたようだ。

有能な人間のところに仕事は集まってくるものだ、と胸を張れるほど、私は自信家でも楽天的でもない。舞いこんでくるのは、誰にでもできるような雑用も多かった。または、手がかかるわりに地味な仕事とか、細かく神経を遣わなければいけない厄介な仕事とか、ひらたくいえば、皆から敬遠されがちな仕事だ。それらはえてして、有能な人間ではなく、断れない人間のところに集まってくる。しかも、一度受けてしまったが最後、次はますます断りづらくなる。悪循環である。

はっきり突っぱねたほうがいいよ、と仲のいい同期から忠告されたこともある。

「榎本《えのもと》くんが優しいから、みんな調子に乗るんだよ」

上司どころか先輩職員や、時には後輩にまで、便利に使われている私を見かねたのだろう。およそ二年後に彼女が私の妻となるとは、そのときはまだふたりとも知る由もなかった。

また別の、さほど親しくない同期には、そこまでして出世したいのかよ、と冗談めかして牽制もされた。

「もしかして、仕事が好きでたまらないとか？」

私は別に優しくない。ことさら出世欲が強いわけでも、仕事を愛してやまないわけでもない。給料が上がればありがたいけれど、なにがなんでも昇進したいという気概はない。金曜の夕方は自然に心がはずみ、月曜の朝は憂鬱になる。仕事にかける野心も意欲も、いたって人並みだと思う。

ただ、頼まれごとを断るのが人並み以上に苦手なだけだ。あてのはずれた相手が浮かべる、あの失望の表情には、実にいやな気分にさせられる。多少無理をしてでも引き受けたほうが、後味は悪くない。私はできるだけ波風を立てず、平和に日々を過ごしたい。努力がまったく報われないわけでもない。私が相応の仕事量をこなしているのは事実で、上司にも人事にもある程度は認められていた。配属先も、企画課、人事課、財務課など、花形とされる部署に割りあてられてきた。

少なくとも、これまでは。

防災課で働くことになったと私が告げたとき、妻は呆然と目を見開いていた。出産を機に退職したとはいえ、元同僚として、夫の異動がなにを意味するか察したのだろう。

課長から与えられた新たな任務は、残念ながら代わり映えのしないものだった。

「これを読んでおいて下さい」

薄い紙の束を差し出されて、私はがっかりした。読みものにはもう飽き飽きしている。

だが文句を言える立場でもない。両手で受けとる。Ａ４サイズの紙が十枚ほど、クリップでまとめてある。表の一枚に、そっけない小さな字で「大松川《おおまつがわ》流域の防災に関する考察」と記されている。水害対策の資料だろうか。

大松川は小梅川の本流にあたり、北から南へ、市をほぼ二分するように流れている。河口付近の岸辺は整備され、市民の憩いの場となっている。遊歩道にサイクリングロード、グラウンド、遊具を備えた公園もある。娘たちが小さかった頃は、休日にたびたび連れていってやっていた。

資料を持って自席に戻ろうとした私に、課長はついでのように言い足した。

「十一時までにお願いします」

はい、と深く考えずに答えてしまってから、私は首をかしげた。

「十一時ですか？　今日の？」

無為に過ぎたこの二週間を思えば、ずいぶん唐突な指令である。

「十一時に、この論文を書いた学者が役場まで来るそうなので。榎本さんも同席して下さい」

「わかりました」

にわかに背筋が伸びた。ようやくまともな仕事が回ってきたようだ。来客も会議もひさしぶりで、なつかしくさえ感じる。

「あ、やっぱり、十時半まででもいいですか」

課長が言い直した。

私は資料をぱらぱらとめくってみた。図表がけっこう入っていて、文章の分量はそこまで多くない。論文というからには、内容はそれなりに難しいのかもしれないけれど、二時間もあればまずまず読みこめそうだった。

「大丈夫です」

「じゃあ、よろしく。読み終わったら、要点だけ教えて下さい」

私は啞然として課長の顔を見た。やる気がないのは明らかだったが、まさかここまでとは。忙しすぎて手が回らないならともかく、時間はあり余っているはずだ。それに相手は庁外から訪ねてくる、言うなればお客様である。

課長は悪びれるふうもなく、平然と見つめ返してくる。いつものことながら、ぼんやりとした無表情で、なにを考えているのか読みとれない。なにも考えていないのかもしれない。私もこの上司のもとで働くからには、彼を見習って、あれこれ考えないようにしたほうがいいのだろうか。

言われたとおり、課長に要旨をかいつまんで説明した後で、十一時前にふたりで執務室を出た。

てっきり会議室で応対するのだと思っていたら、五階の市長室に連れていかれて驚いた。四半世紀も勤めてきて、ここに入ったことは数えるほどしかない。えんじ色のカーペットの上に、古めかしい応接セットとどっしりしたデスクが置かれ、壁際のガラス棚には賞状やトロフィーがわんさか飾ってある。

「すみませんねえ、急に」

デスクで書きものをしていた市長が顔を上げ、申し訳なさそうに言った。彼は今期から着任したばかりで、それまでは長年にわたって副市長を務めてきた。配下の職員に対して腰が低いのは、そのときから変わっていない。ワンマンで我が強かった前市長とは対照的で、日和見主義だの決断力に欠けるだのと誹《そし》る向きもあるものの、現場としては格段にやりやすくなった。以前は、準備を重ねてきた稟議が最後の最後にあえなく破り捨てられるという悲劇が後を絶たなかったのだ。

ローテーブルを挟み、片側のソファに市長、向かいに私と課長が並んで座った。傍らの大きな窓から市街が見下ろせる。高い建物がそばにないので、抜群に見晴らしがいい。あいにくの曇り空だが、天気のいい日は一段と気持ちがよさそうだ。

春らしくみずみずしい緑に彩られた街に、しかしのんきにみとれている余裕はなかった。読んだばかりの論文の内容が、脳内をぐるぐる回っている。

家々の屋根が連なる先でちかちかと光っているのは、大松川の流れだろうか。方角からして小梅川かもしれない。雲間から陽ざしがこぼれ、川面《かわも》に反射しているようだ。不規則なきらめきがなにかの合図を送っているようにも見えて、私はそっと目をそむけた。

市長がテーブルの上に例の資料を放り、口火を切った。

「どう思われました？」

私はひとまず沈黙を守った。こういう場合は上長から意見をのべるものだ。難解な専門用語をいちいち調べ、どうにか全文を読み下し、論旨をかみくだいて課長に解説したのは私だとしても。

ところが、当の課長も口を開かない。言葉を選んでいるのかと思ったらそうでもないようで、お前が喋れとでも言いたげに目くばせしてくる。他人任せにも程がある。しかし、その無責任ぶりを市長の前でも隠そうとしないところは、いっそ潔いといえなくもない。なに食わぬ顔で部下の功績をちゃっかり己の手柄にしてしまう上司よりは、ましかもしれない。

市長もなんとなく事情を察したのか、体の角度をずらして私のほうに向き直った。

「ええと、なんて言ったらいいか……なかなか刺激的な内容ですね」

迷った末に、ひかえめな表現を心がけた。実際は、そんな生やさしいものではなかった。どちらかといえば脅迫に近い。人騒がせ、と言い換えてもいい。

「ですよね」

市長が片手で額をおさえた。後退した生え際に、うっすらと汗がにじんでいる。

この論文は、豪雨で大松川が増水した際に、流域内で起こりうる水害の危険性を訴えている。

複数の市と町にまたがって流れる大松川の、下流の一帯にわが市は位置する。一般に、河川は下流ほど水量が増す。河口に到るまでの間に、周囲の陸地から水がどんどん流れこんでくるからだ。当然ながら、その分川幅は広く、大規模な堤防も築かれている。大松川は小梅川と竹中川《たけなかがわ》という分流も持ち、水門で流量を調節できるしくみになっている。

が、それでも間にあわないほどの大雨が降る可能性があるらしい。論文では、特定の条件のもとで数種類のシミュレーションが行われていた。最悪の場合、川岸周辺の低地と海沿いの平野部を中心に、面積でいうと市の四分の一近くが水浸しになる。その四分の一に住宅や商業施設が集中しているため、人的にも経済的にも甚大な被害が予想される。高台に建つわが家は浸水を免れそうだが、両親の住む実家は川から近いので危うい。

「慎重に扱うべきでしょうね。わたしもこういう方面には明るくなくて、話を聞いてみないとなんとも言えませんが」

市長が資料をにらんでいる隙に、私は横目で課長を盗み見た。ソファにもたれ、たいくつそうに視線を宙にさまよわせている。会話に加わる気は依然としてなさそうだ。

「これは、どういうルートで届いたものなんですか？」

私は質問してみた。どのくらい信憑性《しんぴょうせい》があるんですか、と本当は聞きたかったけれど、ちょっと露骨すぎるだろう。

「実は、知事から送られてきたんです。ぜひとも早急に確認してほしい、と」

市長の返事で、私も腹に落ちた。

知事とは企画課時代に会ったことがある。前市長に負けず劣らず押しが強く、県ぐるみのイベントを思いつくまま提案してくるので、対応に追われた。県内外からの集客による経済効果に加え、県の認知度向上もめざすというが、要は自分が目立ちたいのだ。時期によって興味の矛先は節操なく変わり、私がかかわっていた頃は映画祭だのジャズフェスティバルだのアートトリエンナーレだの、文化系の催しが多かった。どれも盛況とは程遠く、第二回を開催しようという話は出ずじまいだった。どだい無理があるんだ、と前市長は陰でぶつくさ言っていた。あいつはどう見てもアートだのトリナントカだのって柄じゃないだろうが。しょせん田舎の土建屋の倅《せがれ》だぞ？

そのトリナントカ、もといトリエンナーレの目玉とされていたのは、海外で賞を獲った気鋭の彫刻家による作品だった。入魂の一作を披露された知事は、会期の後は公園に置こう、子どもがジャングルジムがわりに遊べる、と無邪気に言い放って作者を憮然《ぶぜん》とさせ、担当職員に冷や汗をかかせた。もっとも私自身も、「希望」と題されたそれが金属製の巨大な檻《おり》にしか見えなかったから、知事のことは嗤えない。現在、その大作は県庁のロビーに鎮座して、来庁者を戸惑わせている。

私が企画課を離れた後も、知事は懲りずに新たな提案を次々に繰り出していた。ご当地グルメグランプリ、トライアスロン大会、婚活パーティー、移住推進シンポジウムなんかもあった。

そして今度は、防災ときたわけだ。ジャズやアートに比べて泥臭い気はするが、あの知事との相性は悪くないのかもしれない。もともと土木工事は大好きだし、治水設備の改修や拡張となれば、本領発揮とばかりにはりきるだろう。世間の注目を集めそうな話題なら、たとえ厄介事でも勇んで食いつきかねない。いよいよ気が重くなってきて、私はため息をのみこんだ。

市長室に入ってきたのは、男女のふたり連れだった。男は私より幾分年上の、五十代の前半あたり、女は二十代の半ばだろうか。

まず、男が口を開いた。

「はじめまして。光野です」

よく通る声で名乗り、私たちひとりひとりに名刺を差し出す。東京の私立大学で教鞭をとっているという。県内の生まれで、その縁で県立大学と協力して共同研究を進め、このたび成果をまとめる運びとなったらしい。

学者という職業の人々と、私はほとんど接点を持たない。はるか昔、大学時代の記憶はおぼろげにかすんでいるし、講師と親しくまじわるような学生でもなかった。実生活より、小説やドラマから得た断片的な印象のほうが強い。学者、中でも理系の科学者は、しばしば個性的に描かれる。彼らは往々にして常識にとらわれず、世事に疎く、周囲はおかまいなしに堂々とわが道を邁進《まいしん》する。

しかしながら光野教授には、そういう浮世離れした雰囲気は微塵もない。見るからに頭は切れそうだけれど、同時にどこか如才ない、世慣れた風格を漂わせている。きちんとした身なりも、そつのない物腰も、企業の重役だといわれても違和感はない。

もらった名刺に目を走らせ、合点がいった。肩書きは副学長となっている。有名大学のナンバーツーにまで上りつめているということは、なかなかのやり手なのだろう。学問の世界でも、出世するには熾烈《しれつ》な競争をくぐり抜けねばならないとどこかで耳に挟んだことがある。研究の実績だけでなく、政治的なかけひきも必要なのだ。組織というのはどこも変わらない。

「うちの研究室の院生です」

光野が連れのほうに手のひらを向けた。

「台風が専門で、この論文も手伝ってもらいました」

彼女もぺこりと頭を下げた。

「藤巻です。よろしくお願いします」

はきはきと言う。聡明そうな顔つきで、いかにも利発な優等生という感じだ。中学や高校でクラス委員をやるような女子は、総じてこういう喋りかたをした。それにしても、女だてらに博士課程にまで進むとはたいしたものだ。いや、女だてら、というのは今時まずいだろうか。昨今はいろいろと気を遣う。不用意に口をすべらせて袋叩きに遭っている同胞諸氏――よく考えたら「オジサン」という呼称だって差別的ではないか――を目撃するにつけ、身がひきしまる。

こちらも簡単に自己紹介をしてから、五人で話をした。

課長は序盤から舟をこぎ出したので、四人というべきかもしれない。たまに体がぐらりと揺れ、藤巻はちらちらと気にしていたが、光野は気づかないふりを貫いてくれた。私は聞き役に徹しつつ、ときどき課長をひじでつついた。

光野の説明はわかりやすかった。衝撃的な内容には変わりなくとも、彼の落ち着いた声音に耳を傾けるうち、文章だけ読んだときの狼狽《ろうばい》は多少薄らいできた。

「役所や住民の皆さんをむやみにこわがらせるつもりはありません」

光野は念を押した。

「これは可能性の話です。ただ、その可能性が頭に入っているかどうかで、万一のときの対応が違ってきます。正しい知識をもって緊急事態に備えていただきたい、それがわれわれの願いです」

真摯な口ぶりだった。言葉のとおり、いたずらに恐怖心をあおるつもりはないのだろう。逆に、平常心を保って冷静に事実を受けとめてほしいというのだから、厄介事扱いしかけていたのを申し訳なくさえ感じる。

びくびくしすぎることはない。昨日まで安全だった場所が、今日からいきなり危険になったわけではない。知らなかっただけだ。それはそれで幸せだったのかもしれないけれど、確かに光野の言うとおり、知っておけば万が一のときにも手を打ちやすい。

そう、万が一、なのだ。

大松川が氾濫したのは、直近でも明治時代までさかのぼる。市の記念事業で郷土史をまとめる仕事にかかわったときに記録を見た。そうとうな被害があったようだが、その後百年以上もの間、市内で大きな水害は起きていない。しかも昭和の中期には、堤防も水門も整備し直されている。

今後の具体的な対策については、別の専門家と相談してほしいと光野はしめくくった。

「私は気象学者です。雨風の予測はできますが、治水のことは専門外ですので」

急に肩透かしを食らった気がしたものの、専門性を重んじるのは科学者らしい態度ともいえるのかもしれない。そういえば論文も、あくまで現状の河岸や堤防を前提にして、被害をおおまかに試算するところまでにとどまっていた。どのみち、大松川は二級河川だから、市ではなく県の管轄である。知事の主導で事が進んでいくはずだ。それはそれで、手放しで安心はできないが。

市長も不安そうに表情を曇らせている。顔を見あわせた私たちがよほど心細げに見えたのか、結局、光野は「これは私見ですが」と前置きした上でいくつか助言をくれた。

堤防をはじめ、ハードの整備は県が担うにしても、完成までに時間がかかる。想定外の雨風に対しては限界もある。並行して、市では主にソフト面を充実させるべきだ。ハザードマップと避難計画を見直し、周知を徹底し、消防や警察とも連携する。

「どれもあたりまえのことですけど、あたりまえのことを地道にこつこつやるしかないんですよ。あとは、いざというときに、適切なタイミングで避難勧告や避難指示を出すことも大事です」

「それがなかなか難しいんですよねえ」

市長がうなった。もし空ぶりに終わったら、その翌日は苦情の電話が鳴りっぱなしで仕事になるまい。大事に至らなかったことを喜び、役所は役所でよくがんばったと労ってくれるような、心優しい市民ばかりではないのだ。

「先生、ありがとうございました。ひとまず検討を進めてみます」

市長が言った。部下の肩に寄りかかってまどろんでいる課長のかわりに、私も居ずまいを正して頭を下げた。

話が一段落したときには、二時近くになっていた。

市長が客人たちを昼食に誘った。それなりの店でもてなしたかったようだが、中途半端な時間だし、光野も次の予定があるというので、かろうじて開いていた近所の蕎麦《そば》屋で軽くすませることになった。どこまでも空気を読まない課長が「私は弁当があります」と言い残して去っていき、四人でテーブルを囲んだ。

大松川の話はもう出なかった。ランチタイムをとうに過ぎ、店内はがらんとしているとはいえ、どこで誰が聞いているやらわからない。市政のこと、大学のこと、いずれもあたりさわりのない世間話に終始した。紅一点の藤巻も、快活に喋った。物怖じしないたちのようだ。このあたりに来るのははじめてだそうで、おすすめのお土産はなんですか、などと他愛のない質問を投げかけてくる。

この藤巻の祖父は、光野の恩師なのだという。

「本当にお世話になったんですよ」

運ばれてきた蕎麦を食べながら、光野は言った。

「先生の息子さん、つまり彼女のお父さんですけど、彼の家庭教師をさせてもらったこともあって。食事をごちそうになったりもして、ありがたかったです。貧乏学生だったので」

「おかげで、今度は私がこうしてお世話になってるわけです」

藤巻がほがらかにつけ加える。親の七光りならぬ、祖父の七光りか。この屈託のなさも、苦労知らずのお嬢さんの特質だと思えば納得がいく。けっこうな身分だ。

「世代を超えて、師弟関係がつながってるってことですか」

市長は感慨深げにうなずいている。ひとりだけ黙りこんでしまっていたことに気づき、私も急いで笑顔をこしらえた。

「いいご縁ですね」

おとなげない。わが子とたいして変わらない年頃の女子学生を相手に、ひがんでどうする。第一、彼女は七光りだけでここにいるわけではないはずだ。名門大学の、それも博士課程でやっていくには、相応の実力が不可欠だろう。

「藤巻さんはとても優秀なので、今後が楽しみです」

私の思考を読みとったかのように、光野が言う。

「いえいえ、そんなこと」

藤巻が顔を赤らめ、ぶんぶんと激しく首を振った。

「どうしちゃったんですか、先生。ほめてくれるなんて珍しい」

七光りにも、いろいろある。

藤巻のようにあっけらかんと、舞台でスポットライトを浴びるがごとく、おおっぴらに照らされてくれていればこちらも対処しやすい。光の明度や熱量に応じて丁重に接したらいい。ややこしいのは、一見してそうとはわからない場合である。

私は知らなかったのだ。

昨年度に新しく部下となった、入庁したての新人職員に、どのような父親がいるのかを。もっと端的に言うならば、その父親がとある地元有力者と同じ高校の野球部出身で、ともに甲子園をめざした先輩と後輩の仲だということを。

配属当初の第一印象は、悪くなかった。さわやかな好青年で、弁が立ち、頭の回転が速そうだった。ところが残念な事実がまもなく判明した。達者なのは口ばかりで、手はまるで動かない。ミスが多く、納期を守らず、注意するとむくれる。あげくに、「こういうルーティンワークって苦手なんです」などと宣《のたま》う。形式的で非効率じゃないですか、これじゃクリエイティビティを発揮できません、だから市民に旧弊だとか言われるんです、時代錯誤な慣習も多いし、もっとイノベーションが必要ですって。ご高説はいちいちごもっともだけれど、一人前に業務を回せるようになってから聞かせてほしい。

だんだん私は疲れてきた。もとより部下をしかるのは苦手だ。こっちまで消耗してしまう。反省してくれるなら、気力と体力を割いて指導する甲斐もあるが、効果がないのではむなしい。かといって、あきらめるわけにもいかない。彼をきちんと教育できていない私にも責任がある。

ある、と思っていた。あの日までは。

財務課と同じ四階に、資料室がある。

トイレのはす向かいに位置する狭い一室だ。古い書類や資料の詰めこまれた棚がぎっしり並び、半ば物置のような風情もある。手洗いをすませて廊下に出た私は、そのドアが半開きになっているのに目をとめたのだった。

中の電気はついていなかった。誰かが閉め忘れたのかとノブに手を伸ばしかけたとき、暗がりから笑い声がもれてきた。

「平気、平気。余裕だよ」

知っている声だった。例の問題児が、仕事中にこっそり私用電話をかけているらしい。

うんざりしたが、踏みこんでいって注意する時間も余力もなかった。折しも四半期決算の時期で、至急片づけなければならない仕事が山ほどあった。それなのに、彼の陽気な声が私をその場にひきとめた。

うん、六時に。うん？　大丈夫、大丈夫。そんな度胸ないから、あのひとは。上司として責任問われるのがこわいだけだって。気が小さいんだ。だな。ほんと、あいうふうにだけはなりたくねえわ。

「じゃあ、後でな」

機嫌よく電話を切って廊下に出てきた彼は、ドアの手前に立ち尽くしている私を見て、おびえた顔で後ずさった。

私はなにも言わなかった。伝えたいことがなにひとつなかった。ぎりぎり持ちこたえていた私の堤防が、とうとう決壊したのだ。

その後、私が彼につらくあたるようになったわけではない。むしろ、それ以前のほうが、細かい小言を口にしていた。私は彼になにも望むまいと心に決めた。「上司としての責任」なんて、もうどうだっていい。治る見こみのない病人は、静かに寝かせておくに限る。

翌月、彼が無断欠勤したときも、あわてず騒がず放っておいた。もし他の部下や同僚が同じことをしたらわいてくるであろう、心配も困惑も感じなかった。次の日も、また次の日も、彼は現れなかった。さらに翌日、辞めます、と一行きりのメールが届いた。正直なところ、自分でも驚くほど心が軽くなった。それから起きることを考えれば、解放感にひたっている場合ではなかったのだが。

この先は、当人に確かめたわけではなく、推測になる。といっても、人事課の同僚がこっそり裏話を教えてくれたので、まるきり根拠のない妄想でもないはずだ。

おそらく彼は家族から退職の理由を問いただされた。そして、上司とそりが合わなかったと打ち明けた。両親は憤慨した。かわいい息子のキャリアに傷をつけた、そのひどい上司をこらしめたい。そこで父親の脳裏に、野球部の後輩の顔が浮かんだ。地元きっての名家の出で、現在は市議として華々しく活躍している。

伝統ある野球部においては、卒業して何十年経とうが、後輩は先輩に決して逆らえない。その手の上下関係は「形式的」で「旧弊」で「時代錯誤」な因習だと近頃の若者が文句をたれても、彼らは聞く耳なぞ持つまい。

そうして私は異動の内示を受けた。


蕎麦屋の前で解散した。

光野はこれから県大で会議に出た後、山向こうの実家まで足をのばして母親にも顔を見せるらしい。きっと喜ばれますね、と市長が言うと、「昔はさんざん親不孝をしたので」と照れていた。藤巻のほうは別行動で、せっかくなので大松川の周辺を見て回りたいという。

見て回るといっても、けっこうな距離になる。流域全体というわけではなく、水門や堤防など、要所を光野に教わっているらしい。

「歩くのは大変そうだし、タクシーだとお金がかかりすぎるので、バスで行きます」

藤巻は言った。ふんふんと聞いていた市長が、彼女から私へと視線を移した。いやな予感がした。

「榎本くん、案内してさしあげたら?」

藤巻がたちまち目を輝かせた。

「いいんですか？」

若い娘の発する「いいんですか？」は質問ではない。うちの子らもそうだ。「いいの？」は「やった」「ラッキー」の同義語に等しい。

「ええ、喜んで」

私はしぶしぶ答えた。どうせ、急ぎの仕事が他にあるわけでもない。急ぎでない仕事さえない。

市長が公用車を手配してくれた。藤巻が行きたいという場所を地図で確認し、河口付近から上流へさかのぼっていくことにする。私が運転席、藤巻が助手席に乗りこんで、浜の方角に向けて出発した。

昼間の県道は空いている。大松川沿いまで出て青信号で右折すると、くすんだ灰色の海が行く手に見えてきた。

市営グラウンドの駐車場に車を停めたときには、小雨が降り出していた。藤巻がフード付きの赤いレインコートを鞄から出し、すっぽりとかぶった。折り畳み傘まで持参している。さすが天気の専門家だけあって、旅先だというのに万全の備えである。私は車のトランクに積んであったビニール傘を拝借した。

歩いて河川敷に出る。雨の遊歩道には人っ子ひとりいない。

「わあ、広い。きれいに整備されてるんですねえ」

藤巻はきょろきょろとあたりを見回しながら、器用に水たまりをよけて歩いていく。ぴょんぴょんと跳ねるような足どりのせいか、小柄な体をいっそう華奢に感じさせるぶかぶかのレインコートのせいか、どことなく子どもじみている。

半歩遅れて、私もついていった。立場上、なにかしら説明すべきなのだろうけれど、そんな気分になれない。水かさを増した大松川の流れが、和らいだはずだった不安をまたしても呼び起こしていた。見慣れているはずの風景が、あの論文を読んだ後では違って映る。今こうして立っている地面が荒れ狂う濁流にのみこまれていく様を想像すると、足もとがぐらつくようで心もとない。ちっぽけな水たまりが危険きわまりない底なしの落とし穴みたいに見えてくる。

藤巻が遊歩道の端で立ちどまった。身を乗り出して、すぐ下の流れをのぞきこんでいる。私も横に並んだ。波打つ川面に雨がぱらぱらと降りかかり、ふぞろいな水紋が広がっている。

「このくらい高さがあっても、だめですか」

私はおずおずとたずねた。これだけ増水しても、水面はまだまだ遠い。

「雨水だけなら大丈夫かもしれないですけどね」

論文にもそう書かれていた。豪雨のとき、川を流れてくるのは水だけではない。上流の土砂や倒木が下流へ押し流され、川を底上げしたり橋にひっかかったりして水があふれてしまう例も多いという。

「あと、このあたりで心配なのは高潮かな。遠浅の海岸って、台風で水位が上がりやすいので。最近は異常気象で大きい台風もどんどん増えてますし。日本だけじゃなくて、世界規模で被害が出てます」

　これまた論文によると、気候の変動に加えて都市化も問題らしい。昔なら、大雨が降っても森林や水田にしみこんで、地表を流れる水量はおさえられていた。天然の貯水池のようなものだ。だが宅地開発が進み、地面がアスファルトやコンクリートで覆われたせいで、降った雨がそのまま標高の低いほうへ流れてしまう。

「万が一って光野先生は言ってましたけど、確率はもっと高いと私は思います。千が一か、百が一か……この百年で洪水が起きてないからって、安全とは言えませんからね。たまたま大雨が降らなかっただけなので」

　藤巻は真顔でいやなことを言う。

「まあ、しょうがないといえば、しょうがないですけど。人間が本来住むべきじゃないところに住んじゃってるのが、そもそも間違いですよ」

「間違いって……」

　突き放すような言いぶりに、むっとする。ちょっと冷たすぎやしないか。藤巻にとっては単なる研究対象にすぎなくても、この街に住むわれわれにとっては、かけがえのない生活の場なのである。

「だけど、長年暮らしてる住民に、危ないからどこか安全な場所に引っ越せなんて軽々しく言えませんよ」

「もちろん、そんなこと言いませんよ。現実的に考えて、不可能ですしね」

藤巻は淡々と答える。

「でも、危険なのは事実です。危ないってわかってるのに、黙ってるわけにはいかないでしょう？　研究者としても、行政としても」

正面から目をのぞきこまれて、私は言葉に詰まった。

「住むなら住むで、きっちりリスクを認識しないと。大雨でも地震でも、被災者はみんな言うんです、まさかこんなことが自分の身に起きるなんて思わなかったって。だけど、起きてからじゃもう遅い」

挑むように川をにらみつけ、藤巻は踵を返した。レインコートの裾がばさばさと風にひるがえる。


その後も川沿いを何カ所か回った。車を停めるたび、私も一応降りて同行したものの、ほとんど会話はなかった。車内でも藤巻の口数は少なかった。窓の外を眺めたり、手帳になにか書きつけたりして、じっと考えこんでいる。私のほうからも、あえて話しかけなかった。しだいに激しくなってきた雨で視界が悪く、運転に集中したかったし、また言い争いになるのも避けたかった。

最後の目的地は、災害時の避難所だった。

どこでもいいから一カ所見てみたいと藤巻に相談され、ホテルに向かう道中の市民スポーツセンターに寄った。私が子どもの頃からある古い施設だが、広い体育館と屋外プールにテニスコートも備え、近隣の住民に重宝されている。中学校でバレー部だった上の娘が、時折ここの体育館で他校と練習試合をやっていて、私と妻も何度か応援に来たことがある。

屋外の駐車場に車を停め、正面口から中に入った。雨だけでなく風も強まっている。たいした距離ではなく、傘もさしていたのに、だいぶ濡れてしまった。

入口の脇に受付があって、内側の小部屋に白髪頭の管理人が座っていた。防災課の職員だと名乗り、見学させてほしいと申し出たところ、快諾してもらえた。案内しようかとも言われたけれど、館内の構造はだいたいわかっているので断った。受付を無人にさせるのも悪いし、藤巻がよけいなことを口走って、この善良そうな老管理人を混乱させるのもしのびない。地下の倉庫に緊急時用の備蓄食料や毛布などが保管されているそうで、そこの鍵も貸してもらった。

体育館ではバスケットボールの練習をやっていた。高い天井にかけ声が反響している。戸口から中をのぞくだけにとどめ、地下に向かう。薄暗い階段はひんやりと湿っぽく、黴《かび》くさいにおいが鼻をつく。管理人に教わったとおり、下りてすぐのところにいかめしい金属製のドアがあった。

倉庫の中は真っ暗だった。埃っぽい空気を吸いこんだせいか、立て続けにくしゃみが出た。藤巻も苦しげに咳《せ》きこんでいる。壁のスイッチを押すと、天井の蛍光灯が手前から奥に向かって順についた。

おそるおそる足を踏み入れる。想像していたより広い。背の高いスチール棚が何列も並び、大小の段ボール箱や紙袋がごちゃごちゃと押しこんである。おさまりきらない分は床にもじかに積みあがり、よそ見していたら足をぶつけたり踏みつけたりしてしまいそうだ。手近な箱の中身をいくつかのぞいてみる。ボール、ゼッケン、ラケット、メガホンに万国旗まである。

「これ、地震が来たら一発でアウトじゃないですか？」

藤巻がぼそぼそと言った。

私を非難しているふうではないが、なんとなくばつが悪い。返事をするかわりに、私は倉庫の中をぐるりと見回した。

「備蓄食料と、あと、毛布もあるって言ってましたよね」

ふたりで手分けして、ざっと捜してみることにした。藤巻が奥のほうから、私は手前から、めいめい黙々と棚を見て回る。ここは体育館のちょうど真下にあたるようで、頭上からボールのはずむ音や足音がひっきりなしに響いてくる。

しばらくして、棚の向こうから声がした。

「あ、ありました。水のペットボトルが大量に」

「食べものは？」

「ないですね。水だけ」

「やっぱり、管理人さんを呼んできたほうがいいですかね」

言いかわしていると、突然、ふっと電気が消えた。

「えっ？　なに？」

藤巻が声をうわずらせた。続いて、なにか重たいものが床に落ちたような、どさっと鈍い音がした。

「どうしました？」

私はびっくりしてたずねた。藤巻が細い声で答えた。

「すみません、大丈夫です。ちょっと手がすべっちゃって」

「停電かな」

天井越しに、悲鳴やざわめきが聞こえてくる。体育館の人々もあわてているのだろう。近くで落雷でもあったのか、もしくは、このスポーツセンター内の問題かもしれない。そういえば前にも一度、娘の試合中に、ぷつんと照明が消えてしまったことがあった。後から聞いた話では、なにぶん設備が古いため、たまに電気系統がおかしくなるらしい。昼間だったので、窓からさしこんでくる外の光を頼りに試合はそのまま続けられたけれど、今日は天気が悪いから無理そうだ。

しかし、この倉庫にはそもそも窓がない。

「とりあえず、あんまり動かないほうがいいかもしれませんね」

通路は狭く、そこらじゅうにいろんなものが置いてある。電気がついていたときでさえ、注意しないとつまずきそうだった。やみくもに動いて、けがでもしたら事だ。

懐中電灯を持っていないのはしかたがないとして、せめて携帯電話があれば、と悔やまれる。管理人室に置いてきた鞄の中だ。地下は圏外かもしれないが、液晶画面を光らせて手もとを照らすことくらいはできただろうに。

念のため藤巻にも聞いてみたら、「私もです」と弱々しい返事があった。

「すみません」

「いや、お互い様じゃないですか」

「でも私、リスクに備えなきゃいけないってえらそうに言ってたのに。自分も危機管理ができてなくて、恥ずかしいです」

消え入るような声だった。そんなに落ちこむこともないのに、根がまじめなのだろう。かわいそうになってきて、私はわざと明るく言った。

「まあ、そのうち復旧するでしょう。体育館のほうが落ち着いたら、管理人さんが見に来てくれるかもしれないし」

「はい」

藤巻は相変わらず元気がない。単にしょげているだけでもなさそうだ。ひょっとして、さっき自分で言った「地震が来たらアウト」という言葉を思い出しているのか。でもまさか、よりにもよって、こんなタイミングで揺れるなんてことはないだろう。

「あの、榎本さん」

藤巻が遠慮がちに呼んだ。

「すみません、話しててもらえませんか？」

「はい？」

「ごめんなさい、ほんとにお恥ずかしいんですけど、私、こういうの苦手で。この、暗い場所に閉じこめられてる感じが」

声がかすれている。閉所恐怖症というやつだろうか。身近にはいないので、どんな感じなのかぴんとこない。

「すいません、いきなり話せって言われても困りますよね」

戸惑っている私に、藤巻は早口でたたみかける。

「えっと、榎本さんは、防災課は長いんですか？」

のっけから、答えづらい質問をぶつけられてしまった。配属されてまもない新入りが担当につくなんて、軽く見られているのではないかと勘繰られかねない。逆の立場だったら私も気を悪くするかもしれない。

「いいえ。実は、今月の頭に異動してきたばかりなんです」

うそをつくわけにもいかないので、観念して白状した。案の定、けげんそうに問い返された。

「今月？　じゃあ、まだ二週間ちょっとしか経ってないってことですか？」

「はい。これから、いろいろと勉強させていただこうと思っています」

せいいっぱい前向きに、答えてみる。

「意外です。落ち着いておられるし、てっきりベテランなのかと」

しばし間をおいて、藤巻がつぶやいた。社交辞令か皮肉か、はたまた本心なのか、声だけでは判然としない。

「年だけは食ってますけどね」

半ばやけくそ気味に、私は言った。

「正直、右も左もわかりません。ですので、防災のことを質問されても、ちゃんとお答えできません。すみません」

文字どおり正直な本音を吐き出してしまうと、なんだか妙にすっきりした。

それにしても、なりゆきとはいえ、初対面の仕事相手になんでこんなことを喋っているんだろう。闇に向かって話すのは、どこかひとりごとに似ている。聞き手の姿が見えないせいで、無防備に言葉がこぼれてしまうのかもしれない。

幸い、藤巻はそれ以上深追いしてこなかった。

「じゃあ、仕事以外の話で」

と、あっさり話題を変える。開き直った私にあきれたのか、あるいは調子が悪くてそれどころではないのか、こちらも深く考えないでおくことにする。

「榎本さん、ご家族は？」

「妻と、娘がふたりいます。上は大学生で、下が高校生です」

「へえ。女の子ふたりですか」

藤巻の声音が心もちやわらかくなった。

「私は弟しかいないので、姉妹ってあこがれます。なんだか楽しそう」

「かみさんは楽しそうですけどね。女三人で団結しちゃって、父親はいつも蚊帳《かや》の外で」
二、三年前が一番ひどかった。中学生だった次女は、ろくに口も利いてくれなくなった。多少はましだった長女にしても、語彙は「うん」「いや」「別に」の三種類に限られた。女どうしでは、息継ぎする間も惜しむかのごとく、すさまじい勢いで喋りまくるくせに。
「思春期だし、お父さんと距離ができちゃうのは普通ですよ。もっと大きくなれば、また違ってくるかも」

藤巻が慰めるように言った。

実のところ、ここ最近は娘たちがやけに優しい。無事に思春期を乗り越えたためではなく、母親からなにか言われたのだと思われる。冷たく無視されるのもつらいけれど、子どもに気を遣われるというのも情けない。といって、やめてくれとも言えない。

「藤巻さんもそうでした？」

わが家のことから話をそらしたくて、水を向けてみる。

「いいえ」

藤巻は即答した。

思春期の間も、親子仲はこじれなかったということか。少しばかり拍子抜けしたものの、考えてみれば、そんなに驚く話でもない。光野は昼食の席で、藤巻家とは三代にわたってつきあいがあると話していた。家族どうしが円満でなければ、そうはならないだろう。

「お父さんは幸せですね。お嬢さんと仲よくできて」

うらやんでいると邪推されないよう、軽い口ぶりを心がけた。が、藤巻は「いいえ」と冷ややかに繰り返した。

「私と父は、仲よくなんかありません」

腹立たしげに藤巻が語り出したのは、いささか込み入った話だった。

父親は学者ではなく画家だそうだ。娘が中学生のときに、浮気が発覚した。相手の女がどういうわけか、大量の絵を家に送りつけてきたという。父親が彼女をモデルにして描いたスケッチを、何十枚も。

「しかもそれ、半分以上がヌードだったんですよ。どう思います？」

どう思うもこう思うもないが、藤巻の声に張りが戻ったことには少しほっとした。気がまぎれたのがよかったのかもしれない。

私が黙っていると、「なんか、すみません」と藤巻は気まずそうに謝った。

「なんでこんなこと喋ってるんだろ、私。榎本さんとは初対面なのに」

先刻私が考えたのと、そっくり同じことを言っている。つい笑ってしまいそうになって、あわてて口をおさえた。最前の剣幕からして、笑いごとじゃない、と怒られかねない。

「ええと、家族の話でしたよね」

藤巻が気を取り直したように言う。

父親を除けば、家族との関係は良好らしい。母と弟と、あとは父方の祖父母も同居している。

「おじいさんは、光野先生の恩師だっていう？」

「そうです、そうです」

その祖父にあこがれて、藤巻は気象学を勉強しようと決めたのだという。

「特に台風には、子どもの頃から興味があって。台風が来るってニュースを見ると、すごくわくわくしました。朝晩、祖父と一緒に天気図を確認して、この先はどう動くか予想しあうんです。日本に上陸するってなったら、もう興奮しちゃって」

楽しげな声を不意にとぎらせて、

「不謹慎ですよね」

と、後ろめたそうにつけ足す。

「まあ、子どもってみんな、そんなもんじゃないですか?」

うちの娘たちも、もっとさかのぼるなら私自身だって、そうだった。嵐の日や大雪の日はどことなく特別な感じがして、そわそわと浮き足立った。警報で学校が休みになるのを待ち望み、早くに解除されてしまうと落胆した。

「だけど、死んじゃったりけがしたり、家をなくすひとだっているわけじゃないですか。だんだんそのへんがわかってくると、無邪気にはしゃげなくなって……それでもやっぱり、心の奥のほうでは、ちょっとうきうきしちゃってる気がして」

興味深い事象に出くわせば、その社会的な影響を案じるより先に心が躍る、研究者というのは多かれ少なかれそういう性を持っているものなのかもしれない。おさえきれない知的好奇心に突き動かされた人々が、数々の偉大な新発見をなしとげ、科学を進展させてきたともいえる。

「研究結果を防災のために活用したいっていうのは、罪滅ぼしみたいなところもあるのかも。変な言いかたですけど、折りあいをつけたいっていうか。私がやってる基礎研究やシミュレーションが、ちょっとでも役に立てばいいなって」

藤巻は訥々と言葉を継ぎ、ふふ、と照れくさそうに小さく笑った。

「やだな、なんか熱く語っちゃった。私はまだまだ半人前なんですけどね」

「いや。立派ですよ、藤巻さんは。専門知識を活かして、世の中に貢献しようとしてる」

おせじでもなんでもなく、素直な実感だった。

藤巻はまだ若いのに、自分のやるべきことを懸命にやっている。それにひきかえ、私はどうだ。わが身の不運を嘆き、日々を漫然とやり過ごすばかりで、なにも実のある仕事をしていない。藤巻たちのような専門知識を持たない私にできることなど、しょせんは限られているにしても。

そもそも、実のある仕事とはなんだろう。これまでの部署では、貢献というほど大仰なものではないにせよ、なんらかの成果を目標に働いていた。企画課の市民行事でも、財務課の年度予算でも、計画を立ててそれを実行してきた。でも防災課では、いくらがんばって綿密な避難計画を立てても、現実に災害が起きなければむだになってしまう。それでも、もちろん、なにも起きないに越したことはないのだ。なんというか、やるせない。

「ああ、でも」

藤巻が思いついたように言った。

「光野先生はたまに言うんです。役に立つかどうかを基準にものを考えるのって、研究者としてどうなんだろうなって。まあ、半分冗談でしょうけど」

その冗談が、残念ながら私には通じなかった。野暮を承知で聞き返す。

「研究って、なにかの役に立つものなんじゃないんですか?」

「うちの祖父は、ちょっと違ってて」

藤巻の声に笑みがまじった。

「気象のしくみを知りたい、ただそれだけなんです。知ってなにをしようとか、人間にどんな影響があるかとか、そういうんじゃなくて。本当に、知りたいだけ。ある意味、純粋っていうか」

「なるほど」

「私は祖父のことが大好きだし、心から尊敬してます。でも、祖父みたいにはなれそうになくて」

藤巻はさびしそうにため息をついた。

「天気を変えることはできない、って祖父はいつも言ってます。人間も、他の生きものも、あるがままを受け入れるしかないんだって」

元来、自然とはそういうものだろう。人間を苦しめようとして、わざと雨を降らせたり風を吹かせたりしているわけではない。洪水は困るが、まったく雨が降らないのもまた困る、などというのは人間の勝手な都合にすぎない。

どんなに科学が進歩しても、人間の力で天気を操ることはできない。雨雲をどこかへ吹き飛ばすことも、台風の進路を勝手に変えることもできない。

「だから、せめて、備えなきゃいけない」

私は思わずつぶやいていた。光野の言葉が脳裏によみがえった。あたりまえのことを地道にこつこつやるしかないんですよ。

あたりまえのことを、地道に、こつこつと——それなら、ひょっとして、私にもできるだろうか。

「そうなんです。人間は、備えなきゃいけないんです」

藤巻がわが意を得たりとばかりに、勢いこんで答えた。

「特に台風は、地震や火事なんかと違って、事前にある程度は予想できますし。状況を見定めて正しい判断をすれば、被害を最小限に食いとめられるはずです」

一息に言いきって、「あれ？」といぶかしげに声を落とす。

「雨の音がしませんか？」

私も耳をすましてみた。どこか遠くのほうから、かすかな雨音が響いてくる。窓もないのに、よほど激しく降っているのだろうか。

「本当だ。聞こえる」

「そういえば、今日って穀雨ですよね」

「コクウ？」

気象に関する専門用語かと思いきや、「はい。二十四節気の」と藤巻は言った。穀物の穀に、雨と書く。この時期に降る雨が農作物を育ててくれる、という意味あいだそうだ。

「うちの家、二十四節気のそれぞれに、決まりごとがあるんです」

祖父の祖母、藤巻にとっては高祖母の故郷に、古くから伝わるならわしらしい。

「穀雨の日に雨が降ると、その年は充実した一年になるって言われてるんです。だから前日の夜に、てるてる坊主を作るんですよ。さかさにつるせば雨が降るっていうでしょう？」

「てるてる坊主、ですか」

われながら、間の抜けた声が出た。

「学者の家なのに非科学的だって思いました？」

すかさず藤巻に笑われてしまった。図星なので否定できない。

「でも祖父も、それでいいって。人間に雨を降らせることはできない。できるのは、祈ることだけ」

なるほど、筋が通っているといえば、通っている。

「それで、無事に雨が降ったら、浴びるんですよ」

「浴びる？　雨をですか？」

私はまたしてもあっけにとられた。

「恵みの雨だから、ご利益があるってことなんですかね。母や祖母はかたちだけ、窓から手を出すくらいですけど、祖父は本気で浴びます。私と弟も、子どもの頃は祖父をまねして庭に出て、雨にあたってました。びしょ濡れになるのがまた、楽しくって。母はすごくいやそうでしたけど」

それはそうだろう。口に出すかわりに、無難な相槌を打っておく。

「楽しそうなおうちですね」

「おとなになるといろいろ忙しくて、参加できないことも多くなっちゃいましたけどね。今日もそうですし」

でも、と藤巻は声をはずませた。

「これだけ降ってたら、いいことがありそう。しかも私たち、ばっちり雨に濡れましたもんね？」

私が答えるより先に、背後でドアのきしむ音が聞こえた。

「大丈夫ですか？」

気遣わしげな管理人の声と、白い懐中電灯のあかりが、同時に届いた。

「大丈夫です」

ふたり分の返事が重なった。闇をきりひらく、頼もしくまぶしい一筋の光に、私は目を細めた。

二〇二二年

立春

黒いキャリーバッグをごろごろひっぱって、お母さんは駅のホームを歩いていく。荷物が多くても、ふだんと変わらず早足で、背筋がぴんと伸びている。ぼくも急いで追いかける。リュックが重い。ベルトが肩にくいこんでくる。

天井からぶらさがった電光掲示板を見上げて、お母さんがつぶやいた。

「ちょっと早すぎたかな」

上りの快速電車は、次の次に来るらしい。

お母さんはいつもこうだ。早め早めに行動する。特に、誰かと約束しているときは遅れないように注意する。「待たせるよりも、待たされるほうがずっとまし」だからだ。五分前集合、と学校の先生はうるさく言うけれど、お母さんならほめてもらえるだろう。

「忘れものはない？」

お母さんがぼくにたずねた。

「ない」

家を出る前にも、何度も聞かれた。たぶん十回くらい。今さら答えは変わらない。それに、リュックの中身は、ほとんどお母さんが用意してくれた。ぼくが足したのは図書室の本くらいだ。恐竜の誕生から絶滅までの歴史がまとめてあって、高学年向けだからちょっと難しい。

泊まりがけで出かけるとき、お母さんは持ちもののリストを作る。昨日の夜にも今日の朝にも、シャツ、靴下、パンツ、歯ブラシ、と声に出して数えあげていた。お母さんはリストが好きだ。スーパーで買うもののリストとか、週末にやることリストとか、冷蔵庫の作り置きリストとか、いろんなやつをせっせと作る。書けば頭に残って忘れにくくなるし、考えも整理できて便利らしい。やらなきゃいけないことを片づけて、その一行に線をひいて消すと、とても気分がすっきりするという。

いいことずくめでしょ、玲《れい》もやってみたら、とお母さんはしきりにすすめるけれど、ぼくには向いてない気がする。いちいち書き出すのがめんどくさい。せっかくリストを作っても、いつのまにかなくしてしまうことも多い。お母さんと違って、ぼくは整理整頓があんまり上手じゃない。

「お財布とキッズ携帯もちゃんと持ってるよね？」

「持ってる」

このふたつは特別に大事だ。なくさないように、リュックの内ポケットにしまってある。

「気をつけてね」

こっちは、家を出る前だけじゃなくて、駅までの道でも言われ続けた。たぶん、二十回くらい。

「うん」

ぼくは答え、お返しにつけ足してみた。

「お母さんも、気をつけてね」

お母さんは一瞬黙って、それからちょっと笑った。

「ありがとう」

ごう、と音を立てて電車がホームにすべりこんでくる。


快速電車のドアが閉まった後も、お母さんはぶんぶん手を振っていた。改札をめざしてホームを歩いていくひとたちが、不思議そうにぼくたちを見比べている。恥ずかしいのをがまんして、ぼくもガラス越しに小さく片手を振り返した。ぼくが知らんぷりをしたら、お母さんがますます変なひとみたいに見えてしまう。

「いくつかな？」

「かわいいね」

ななめ前の座席で、若い女のひとたちがひそひそと喋っているのが聞こえて、うんざりする。なんで女のひとは、子どもを見ると甲高い声で「かわいい」って言うんだろう。ほめてるつもりかもしれないけど、それで喜ぶのは女子だけだ。

「はじめてのひとり旅なんじゃない？」

旅と呼ぶには、距離が短すぎる気がする。神奈川と東京は隣どうしだ。ひとりで電車に乗るのは、これが「はじめて」だけど。

ぼくはさりげなく隣の車両に避難して、空いていた席に腰を下ろした。車内には暖房が効いている。他の乗客は、スマホに目を落としていたり、居眠りしていたり、誰もぼくのことを気にしている様子はない。

ドアの上に貼ってある路線図で、乗りこんだばかりの駅名を探す。降りる駅も。快速の停車駅だけを数えてみたら、七駅目だった。ここで乗り換える。お母さんが隣にいれば、「次の次」とか「もう降りるよ」とか、細かく声をかけてくれるけれど、今日はそういうわけにいかない。乗り過ごさないようにね、とお母さんは念を押していた。

心配そうな顔つきを思い出したら、なんだか急にどきどきしてきた。窓の外を見やる。線路沿いの建物や木々が、左から右へびゅんびゅんと流れていく。

大丈夫だ。ぼくはもう小二だし、自分で言うのもなんだけど、藤巻くんはしっかりしてる、と先生にも友達のお母さんたちにもほめられる。ひとりで電車に乗るくらい、たいしたことない。目的地まで、乗り換えを含めても一時間かからない。

これから「旅」をするのは、ぼくじゃなくてお母さんのほうだ。今頃、新幹線の駅に向かっているところだろう。日曜日まで三日間、大阪で開かれる学会に出席するのだ。

「玲、悪いんだけど、お留守番しててくれる？」

お母さんが切り出したのは、半年前のことだった。ぼくが保育園に通っている頃から、こういう出張は何度かあった。たいがい日帰りで、たまに泊まりがけのときもある。

「ごめんね」

お母さんは毎回、申し訳なさそうに謝る。正直、ぼくはちっともかまわない。かまわないっていうか、大歓迎だ。

お母さんが留守の間は、陽平《ようへい》叔父さんがぼくを預かってくれる。

叔父さんはお母さんより五つ年下で、製薬会社で働いている。千葉の研究所で新しい薬の開発を担当しているという。勤め先はテレビでコマーシャルをばんばん流している大企業で、陽ちゃんとこは景気がよさそうねえ、とお母さんはうらやましがる。大学の研究室に勤めるお母さんにとって、「研究ヨサンのカクホ」は常に悩みの種なのだ。

叔父さんは体も声もでっかいし、髪はもじゃもじゃで服は皺くちゃだし、見た目はちょっとこわいけど、実はおもしろくて優しい。どんなときでも機嫌がよくて、一緒にいるとこっちまでうきうきしてくる。ゲームもうまい。おまけに、びっくりするくらい物知りで、なんでもわかりやすく教えてくれる。ハンバーガーとコーラという、うちでは絶対にありえない昼ごはんも食べさせてくれる。男どうしの話もできる。お母さんに打ち明けにくいことや聞きづらいことも、叔父さんにはなぜか素直に話せる。叔父さんはぼくを子ども扱いせず、相談すれば公平な意見を、質問すれば丁寧な答えをくれる。「子どもはそんなこと気にしなくていい」とも「玲もそのうちわかるようになるよ」とも言わない。

さらに今回は、たまたま金曜日がぼくの学校の創立記念日にあたっていた。それを知った叔父さんは、どうせならおれも有休とって科博にでも行くか、とうれしすぎる提案をしてくれた。三年前に科博こと国立科学博物館で開かれた恐竜博こそが、ぼくが恐竜の世界に出会ったきっかけだ。

二月はじめの三連休を、ぼくは心待ちにしていた。ちょうどその時期に海外出張が入ってしまったと叔父さんに言われるまでは。

叔父さんはわざわざうちにまでやってきて、お母さんとぼくにぺこぺこ頭を下げた。ぼくはもちろんがっかりしたけれど、平謝りする叔父さんに文句は言えなかった。しょうがないよ、仕事なんでしょう、とお母さんも言った。

「だけど、どうしようかな。玲をひとりで置いてくわけにもいかないし」

「ぼく、ひとりでも大丈夫だよ」

と言ってみたぼくも、心の中では少し自信がなかった。一日くらいならなんとかなるにしても、三日は長い。すると叔父さんは、「そのことなんだけどさ」とぼくたちを交互に見た。

「実家に打診してみたんだ」

ぼくはお母さんを横目でうかがった。ジッカニダシン、の意味がとっさにわからなかったのだ。

お母さんは目を見開いていた。

「実家に？」

「玲を預かってもらえないかって。お袋も親父も、大歓迎だってさ」

そこでようやく、叔父さんの言っている意味がぼくにものみこめた。叔父さんのお袋と親父というのは、つまりお母さんの両親でもある。ぼくにとっては、おばあちゃんとおじいちゃんだ。

「ここんとこ、なんだかんだで東京にも行けてなかっただろ。ひさしぶりに玲に会えたら、みんな喜ぶよ」

お母さんは眉間に皺を寄せ、しばらく考えこんでいた。

ぼくとお母さんがおじいちゃんたちの家に行くのは、年に一回か二回くらいだ。お正月とかお盆とか、ぼくが二歳のときに亡くなった、ひいおばあちゃんの法事とか。そんなに長居はしない。泊まったこともない。

おじいちゃんもおばあちゃんも、いつも優しい。豪華なごはんやおやつをどっさり準備して、ぼくたちを出迎えてくれる。ふたりのおもてなしに応えて、ぼくもできるだけ感じよくしなくちゃ、と頭ではわかっている。なのに、あの古くて大きな家に着いた瞬間から、もう帰りたくなってくる。

お母さんのせいだ。

実家にいる間、お母さんは別人のように無口になる。おじいちゃんもおばあちゃんも、かまわず普通に話しかけているけれど、ぼくは落ち着かない。よく響く声ではきはきと喋るふだんのお母さんと、あまりにも違いすぎる。そうかと思えば、おじいちゃんのちょっとしたひとことに、かみつくみたいに激しく言い返したりもする。どっちにしても、ぼくははらはらしてしまう。

「お母さんとおじいちゃんは仲が悪いの？」

叔父さんの家に泊まったとき、こっそり質問してみたことがある。これも、気になってしかたないのに、お母さんには直接聞きにくい疑問のひとつだった。

「仲が悪いわけじゃないよ。ただ、あのふたりは相性が悪いんだよな」

叔父さんは苦笑いした。

「アイショーってなに？」

「組みあわせ、かな。性格の。姉ちゃんは堅いっていうか、くそまじめだろ。で、親父はあんなだからさ。違いすぎて、ぶつかるんだ」

「だけど、叔父さんとお母さんもだいぶ違うよ？」

ぼくは指摘した。そうだなあ、と叔父さんが首をひねる。

「いや、違ってもいいんだ。違ってても合うってことはある。むしろ違ったほうがうまくいくこともあるもんな。やっぱり組みあわせの問題だ」

言いながら、ぼくの手もとを指さした。

「たとえば、それ」

叔父さんが用意してくれた朝ごはんが並んでいる。牛乳、バナナ、いちごジャムを塗ったトースト。

「玲はジャムが好きだよな？」

「うん」

きらいだったら、こんなにべったり塗らない。

「だからって、ごはんにジャムはかけないよな？」

「絶対かけない」

ぼくは顔をしかめた。想像しただけでまずそうだ。

「だろ？　白ごはんには納豆だよ。それか梅干」

叔父さんが満足そうに言う。

「ジャムは、パンとは相性がいいけど、ごはんには合わない。納豆は、パンじゃなくてごはんに合う。別にどっちかが悪いってわけじゃない。単に、合わないってだけ」

叔父さんの説明は、いつだってわかりやすい。

これまでにたった一度、具体的な答えをもらえなかったのは、「ぼくのお父さんって、どんなひと?」とたずねたときだけだ。「おれも知らないんだ。会ったこともないし、姉ちゃんも話そうとしないし」と言われて、ぼくもあきらめた。

お父さんの話を、お母さんはぼくにもほとんどしてくれない。ぼくが知っているのは、息子がまだお母さんのおなかの中にいるときに死んでしまった、ということだけだ。

何年も前に、「なんでうちにはお父さんがいないの?」と聞いたら、お母さんはそう答えたのだ。ぼくは確か三歳だった。死んだ、という言葉の意味も、ちゃんとわかっていなかった。そこで、続きを待った。いつものお母さんなら、ぼくがついていけていないと察して、もっと詳しく説明してくれるはずだったから。

ところが、お母さんはそれっきり黙ってしまった。

ぼくもなにも言わなかった。というか言えなかった。お母さんは変な目つきをしていた。視線はこっちを向いているのに、ぼくの顔を素通りして、はるか遠くを見つめているような。

あれ以来、ぼくたちの間でお父さんの話は出ていない。お母さんは相変わらずなんにも話さないし、ぼくからも聞かない。お母さんがまたあんなふうになっちゃったら大変だ。ここにいるのにいないみたいな、まるでぼくのことが見えていないみたいな、あのぼんやりした目。思い出しただけで、背中のへんがぞわぞわする。

お父さんについてどうしても知りたいってわけでもない。いないひとのことを、あれこれ気にしたって意味がない。ぼくにはお母さんがいる。叔父さんもいる。

ごとんごとんと規則正しい音を立てて、電車が鉄橋を渡りきった。雲の隙間からこぼれた陽ざしで、川がきらきら光っている。駅名を案内するアナウンスがはじまり、ゆるゆるとスピードが落ちる。

ぼくはもう一度路線図を見上げた。あと六駅だ。


おじいちゃんたちは改札の前で待っていた。

おじいちゃんは真っ赤なダウンジャケットを着て、ポケットに手をつっこんでいる。おばあちゃんは白いコートの首もとにオレンジ色のマフラーを巻いている。黒や茶色のコートを着た人々がせかせかとゆきかう中で、そこだけ太陽に照らされているみたいに、ぱっと目をひく。

「玲、ひさしぶりだな」

「ずいぶん背が伸びたんじゃない?」

くちぐちに言い、そろって目を細めている。

ふたりはなんとなく雰囲気が似ている。きっと「相性」もいいんだろう。すらりと背が高くて、おしゃれで、ふたりとも明るい色が好きだ。ぼくの誕生日やクリスマスにプレゼントしてくれる洋服も、鮮やかな青や黄色や、時にはピンクだったりする。柄物も多い。もらった服を着て鏡の前に立つと、なんだか知らない子どもと向かいあっているみたいな気分になる。日頃、お母さんがぼくに買ってくる服は黒かグレーか紺色で、無地ばかりだ。

「ひとりで来られて、たいしたもんだ」

「乗り換え、おとなでもややこしいもんね。えらいわ」

ほめられて、ぼくはもじもじと下を向いた。乗り換えでは失敗したのだ。間違った改札から出てしまったのか、なぜだか駅ビルの中に入りこんでいて、めちゃくちゃあせった。なんとかホームまでたどり着いたときには、真冬だというのに汗をかいていた。

三人で駅舎を出ようとしたら、お母さんから電話がかかってきた。

「玲、着いた？」

「今、駅。おじいちゃんたちにも会えたよ。これから家に行く」

「そう、よかった。順調だね」

耳に届く声が、少しやわらかくなった。お母さんも予定どおりの新幹線に乗れたらしい。

「うん、順調だよ」

ぼくもせいいっぱい明るい声を出した。

「迷惑かけないように、いい子にしてね。また電話する」

「あ、おばあちゃんたちにもかわる?」

おばあちゃんの視線に気づいて、言ってみた。

「いい、いい」

お母さんはすぐさま断った。ひきとめるひまもなく、「じゃあね」とすばやく切ってしまう。

「お母さんは大阪に向かってるの?」

おばあちゃんがぼくにたずねた。

「うん。もう新幹線に乗ったって」

「土日までつぶれるって、ありえなくないか? どんだけ仕事が好きなんだよ、お前の母さんは」

おじいちゃんがわざとらしく頭を振った。

お母さんがここにいなくてよかったな、とぼくはひそかに思う。お母さんは働きすぎだとおじいちゃんは考えている。考えるだけなら別にかまわないけど、口に出すのはできればやめてほしい。本気で責めたり怒ったりするふうではなく、からかうようににやにやしていて、「あれは姉ちゃんにかまってほしいだけだな」と叔父さんは断言するが、お母さんには通じない。「悪い?」とぴしゃりと切り返し、その冷たい声で空気が凍りつく。

「いいじゃないの。おかげで玲くんが遊びに来てくれたんだから」

おばあちゃんがとりなしてくれた。凍った空気を溶かすのは、おばあちゃんか叔父さんの役目だ。


昼ごはんの献立は、いなりずしとサラダだった。ぼくがお皿を運ぶのを手伝ったら、「助かるわ」とおばあちゃんは感激した。

「玲くんは優しいのねえ」

いつも家でやっていることだし、どうってことない。ついでにいうと、お母さんの帰りが遅い日は、お米を研いでごはんを炊くのもぼくがやる。でも、そんなことをおじいちゃんに知られたらまたなにか言われそうなので、黙っておいた。

「ひいおじいちゃんを呼んできてくれる？」

おばあちゃんに頼まれて、ぼくは廊下に出た。

この家には、ひいおじいちゃんも一緒に住んでいる。おじいちゃんのお父さんだ。ぼくは挨拶くらいしかかわしたことがない。たいてい自分の書斎か庭にいて、あんまり顔を合わせないし、なんとなく気軽に近寄りにくい雰囲気もある。「ひいおじいちゃんは、とっても立派な学者さんなのよ」とお母さんから聞かされているせいもあるかもしれない。こっちの都合でじゃましちゃいけない気がするのだ。

お母さんはおじいちゃんとおばあちゃんにはよそよそしいのに、ひいおじいちゃんとふたりでいるときだけは、ふだんと変わらず笑顔を見せる。難しい専門用語をまじえて話しこんでいることもある。お母さんが天気の研究をしようと決めたのもひいおじいちゃんの影響らしい。専門は、台風だ。夏から秋は特に忙しい。家でも台風の動向で頭がいっぱいで、「ちょっとチャーミー、結局どっちに行きたいわけ?」とか「レンレン待ってよ、飛ばしすぎ」とか、ぶつぶつ言っている。台風にはひとつひとつ名前がつけられるのだと知る前、ぼくはチャーミーやレンレンがお母さんの友達だと勘違いしていた。

ひいおじいちゃんは今日も庭にいた。

葉っぱの落ちた藤棚の下で、ベンチに腰かけている。白くて長い眉毛とあごひげが、漫画に出てくる仙人っぽい。魔法の杖のかわりに鉛筆を握りしめ、空をちらちらと見上げては、膝にのせたメモ帳になにか書きとめている。授業中に黒板をノートに写すときみたいだけれど、もちろん、空にはなんにも書かれていない。灰色のぶあつい雲が浮かんでいるだけだ。

ぼくはおそるおそる声をかけてみた。

「ひいおじいちゃん、ごはんだよ」

返事はない。

どうしよう。そういえばお母さんも、似たような感じになることがある。家に持ち帰った仕事をやっているときや、テレビに台風のニュースが映ったときだ。ぼくはひとまず放っておいて、タイミングをみはからってもう一度話しかけてみる。前に文句を言ったら、玲もでしょ、と言い返された。恐竜の図鑑や動画に見入っていると、さっぱり反応がないらしい。

少し待とうと決めて、ぼくもなにげなく空を見上げた。塀の向こうにかかった電線に、まるく太ったすずめが二羽とまっている。

鳥と恐竜は同じ仲間だ。

もっと正確にいうなら、鳥類は恐竜類の一種だった。六千六百万年前、白亜紀の終わりにほとんどの恐竜が絶滅してしまった中で、鳥類だけが運よく生き残ったのだ。

はじめてそれを知ったとき、ぼくはものすごく驚いた。ちっぽけなすずめと、体長十メートル以上もあったといわれるティラノサウルスが仲間だなんて。でも今では、道端で鳩やカラスに出くわすたびに、目が吸い寄せられてしまう。危ないからちゃんと前を見て歩きなさい、とお母さんにはよくしかられる。小二になって飼育委員に立候補したのは、学校で飼っているチャボの世話ができるからだ。科博に展示されている恐竜の巨大な骨も迫力があるけれど、生きて動く鳥たちも見飽きない。

小屋中をばたばた走り回り、鋭い鳴き声を上げ、てんでに餌をつつき、一秒もじっとしていない。

「おうい、おふたりさん！」

いきなり大声が響きわたって、ぼくは飛びあがった。庭に面したリビングの掃き出し窓が半分開き、おじいちゃんが手招きしていた。

「昼めしだよ！」

ひいおじいちゃんもベンチから腰を上げた。メモ帳を大事そうに両手で持っている。ぼくと目が合うと、ぱちぱちとまばたきをして、「ああ、いらっしゃい」と言った。

食事中も、ひいおじいちゃんはいつもどおりにおとなしかった。一方、おじいちゃんとおばあちゃんは次々と質問を繰り出してきた。

「学校は楽しい？」

「得意な教科はなに？」

「仲のいいお友達はいる？」

このへんは、まあまあ答えやすかった。返事に詰まったのは、おじいちゃんの「好きな女の子はいるのか？」という質問くらいだ。どうせなら、好きな恐竜を聞いてほしい。いっぱいいる。ティラノサウルスやトリケラトプスは、いかにも強そうでかっこいい。デイノケイルスは、変てこな体つきが逆にかわいい。日本で化石が発見されたむかわ竜も、恐竜博で全身の骨格標本を見て、印象に残っている。

でもおばあちゃんたちは、恐竜にはそんなに興味がないみたいだった。ぼくが恐竜を好きだと言うと、「男の子だもんね」「そういや陽平は昆虫博士だったな」と短い相槌を挟んだきり、すぐに話が変わった。

「お母さんはふだん何時くらいに帰ってくるの？」

「ごはんはどうしてる？」

「休みの日は遊びに連れていってもらったりするの？」

気づけば、ぼくというよりお母さんにまつわる質問もじわじわと増えていた。ひとつずつ、言葉を選んで答えていく。だんだん肩がこってくる。

「親ってのは、子どものことが気になってしかたないんだな」

叔父さんが前に言っていた。

「この子のことはわたしが一番よく理解してるって思いたいんだよ、たぶん」

ぼくがまだ保育園に通っていた頃のことだ。今では、「マリンちゃん事件」と名づけて冗談っぽく話せるようになったけれど、当時は全然笑いごとじゃなかった。

マリンちゃんは、ぼくが保育園で一番仲のよかった友達だ。自由時間はたいがい一緒に過ごし、大きくなったら結婚してね、と言われてもいた。お母さんどうしも親しくなって、互いの家を行き来していた。

そんなある日、同じクラスの女の子がぼくに話しかけてきた。髪に結んだリボンを指さして、「かわいいでしょ？」と得意そうに聞く。

「うん、かわいい」

ぼくは答えた。たったそれだけの、会話ともいえないようなやりとりだった。なのに、どういうわけか、マリンちゃんはその日ぼくとひとことも口を利いてくれなかった。次の日も、さらに次の日も、ぼくが近づこうとすると、ぷいと逃げていく。追いかけて話そうとしても、無視される。

ぼくは弱ってしまった。マリンちゃんの態度からして、どうやらぼくが全部悪いようなので、先生やお母さんに助けを求めるわけにもいかない。ちょうどお母さんの仕事がたてこんでいる時期で、元気がないと気づかれることもなかった。

気づいたのは、その週末、お母さんの休日出勤に合わせて留守番がてらアパートに来てくれた叔父さんだった。

「玲、なんか今日は静かだな」

不審そうに、ぼくの顔をじろじろと見た。

「ぐあいでも悪いのか？　大丈夫か？」

大丈夫じゃなかった。

友達とけんかしているのだとぼくは打ち明けた。けんかというより、一方的に避けられている。話しているうちに涙が出てきて、恥ずかしかった。

「うわあ、まじかよ。そりゃ災難だったな」

叔父さんは気の毒そうに眉をひそめた。

「サイナン？」

「ついてなかった、ってこと。女って怖えわ……ああやべ、女だ男だ言ったら、姉ちゃんに怒られるか」

ともかく気にすんな、玲のせいじゃないって、と慰められてちょっとだけ心が晴れた。

週明けの月曜日、マリンちゃんのママがいつもより早くお迎えに来た。娘と手をつなぎ、帰っていくかわりに、まだ教室にいたぼくのところまでやってきた。床に膝をついてぼくと目の高さを合わせ、すまなそうに言った。

「マリンが意地悪しちゃってごめんね。この子、玲くんのことがほんとに大好きだから」

意味がわからない。大好きだったら、意地悪なんかしないだろう。でも、「ごめんね」とマリンちゃんもかぼそい声で謝ってくれたから、まあいいやと思った。

「玲くん、マリンのことときらいになっちゃった？」

マリンちゃんはおずおずと続けた。

「なってない」

ぼくは答えた。「ほんとに？」「ほんとだよ」「ほんとにほんと？」「ほんとのほんと」と競争するみたいに言いあっているうちに、ふたりとも笑い出してしまった。マリンちゃんのママも笑っていた。

そこへ、ぼくのお母さんがやってきた。

「藤巻さん、今回は本当にごめんなさい。玲くんにいやな思いをさせちゃって」

マリンちゃんのママが話しかけた。お母さんはきょとんとしてぼくを見下ろした。

「玲、なにかあったの？」

うちのお母さんはなんにも知らなかったとわかって、マリンちゃんのママはあわてたようだった。

「ごめんね、子どものけんかに親が出るなんてよくないかなとも思ったんだけど、マリンがどうやって仲直りしたらいいかわからないって言うもんだから」

早口の説明を聞いて、お母さんも状況がのみこめたらしい。いいのよ、気にしないで下さい、とにこやかに調子を合わせた。

「こっちこそ、ごめんなさいね。玲も気が利かないから」

「そんな。玲くんはしっかりしてうらやましいわ。マリンはどうも頼りなくって」

家まで歩いて帰るマリンちゃんたちと門の前で別れ、停めてあった自転車にまたがると、お母さんは後ろに乗ったぼくのほうを振り向いた。

「こういうことは、お母さんにも教えといてよね。びっくりするじゃない」

じろりとにらまれて、ぼくは身を縮めた。

「ごめんなさい」

「もう大丈夫なのね？　仲直りできたのよね？」

「うん」

「なら、いいわ」

お母さんが自転車をこぎ出したので、ほっとした。家に帰ってからも、もうその話は出なかった。これで「災難」は終わったと思っていた。

翌月、お母さんの誕生日に、叔父さんがまたうちに来た。お祝いに、まるいケーキと上等のお酒を持ってきてくれた。夜も泊まっていく予定で、今日は飲み明かそうぜ、とはりきっていた。

後から考えれば、お母さんが席をはずした隙に、マリンちゃんと仲直りできたと叔父さんに報告しておけばよかったのだ。でも、そのときにはもう、ぼくらはすっかり元通りの仲よしに戻っていた。ひと月前にけんかをしたことなんて、完全に忘れていた。

思い出したのは、というか思い出すはめになったのは、その晩のことだ。

宣言していたとおり、お母さんと叔父さんはリビングでお酒を飲み続けた。ふたりとも酔っぱらって、やたらと陽気だった。日頃のお母さんなら、叔父さんがぼくとふざけていても冷静にたしなめて「姉ちゃんはノリが悪いなあ」としらけられるのに、その日は違った。どっちかっていうと、お母さんのほうがはしゃいでいたかもしれない。

浮かれた気分はぼくにも伝染した。ひとりだけ寝てしまうのがもったいなくて、眠たいのを必死にがまんした。夜ふかしすると背が伸びないよ、と日頃は無理やりぼくを早寝させようとするお母さんも、「玲もおとなになったねえ」とくつくつ笑うだけで追いはらおうとはしなかった。

それでも、いつのまにか眠気に負けてしまっていたらしい。こんなとこで寝たら風邪ひくぞ、と叔父さんに揺さぶられたのをおぼろげに覚えている。ぼくは叔父さんの肩にかつがれ、自分のベッドまで運ばれて寝かされた。

次に目が覚めたのは、夜中だった。トイレに行こうと廊下に出たら、リビングのドアが半開きになって、あかりが細くもれていた。

一歩足を踏み出したとき、お母さんの声が聞こえた。

「どうして?」

ぼくはぎょっとして立ちすくんだ。おなかの底からしぼり出したみたいな、悲しそうな声だった。さっきまであんなに盛りあがっていたのに、いったいなにが起きたんだろう。

「わたしだけ、蚊帳の外だったってこと? マリンちゃんのママも陽ちゃんも知ってたのに、わたしだけ……」

ぼくはその場から動けなかった。「カヤノソト」の意味はわからなかったけれど、なんの話かは見当がついた。のどの奥が詰まったように、息が苦しくなった。

叔父さんも低い声でなにか言っている。耳をすましても、ぼくには聞きとれなかった。しばらくして、またお母さんが声を張りあげた。

「違う、陽ちゃんのせいじゃない。わたし、自分が情けないの」

今度は、怒っているような荒っぽい口ぶりだった。

「玲が大変なときに、なんにも気づいてあげられなかったんだもの。マリンちゃんは、ちゃんとお母さんにフォローしてもらったのに。母親失格だよ、わたし」

ぼくが自分の耳で聞いたのは、ここまでだ。詳しくは、次に叔父さんと会ったときに教えてもらった。

あの夜、ぼくが寝入ってしまった後で、「そういえば、こないだ玲がお友達ともめちゃってね」とお母さんが話し出したという。叔父さんはぴんときて、「マリンちゃんだっけ？　仲直りできた？」と相槌を打った。すると突然、お母さんの顔がひきつった。「なんで陽ちゃんが知ってるの？」

カヤノソト、とは、仲間はずれにされるというような意味だそうだ。

「よけいなこと言って、ごめんな」

叔父さんはぼくに謝ったけれど、悪いのはこっちだ。仲間はずれにされるのってつらい。お母さんを悲しませるつもりじゃなかったのに。

「お母さん、泣いてたよね？」

ぼくが思いきってたずねると、叔父さんはきまり悪そうに目をそらした。

「まあ、玲は気にすることないよ。姉ちゃん、あのときはそうとう酔ってたからな。

つい感情が昂《たか》ぶったんだ」

ぼくを励ますように、「玲は悪くない」と明るく言う。

「姉ちゃんだって、頭ではわかってるよ。玲が成長してる証拠なんだ。話したきゃ話せばいいし、話したくないなら黙ってりゃいい。それは、玲が自分で考えて決めることだ」

ぼくに向き直り、肩に手を置いた。

「でも、聞いてほしいことがあったら、遠慮すんなよ。いつでも喜んで聞くよ、おれも姉ちゃんも」


昼ごはんの後、部屋でひとりになったら、どっと疲れが出た。

お母さんが実家を出るまで使っていた部屋だ。今日と明日の二晩、ぼくはここで寝ることになっている。

赤と緑のチェック柄の、毛布みたいなカバーがかかったベッドに寝転んで、室内を見回してみる。ぼくの知らない外国映画のポスターや、サイドテーブルにいくつも置かれたぬいぐるみが、女子っぽい。勉強机のひきだしにくっついているプリクラも、日に焼けて色あせたカーテンの小花模様も。

お母さんも昔は子どもだったんだなあ、と思う。あたりまえのことなんだけど、やっぱり不思議だ。

小学生だったお母さんも、こうしてベッドに寝そべって天井を見上げてたんだろうか。

「玲くんはお母さんの小さい頃によく似てるわ。目もとなんて、そっくり」

食事中、おばあちゃんはしみじみと言っていた。なつかしそうだった。少しさびしそうでもあった。隣のおじいちゃんも、同じ顔つきになっていた。

「あの頃はかわいかったのになあ、あいつも」

どう答えたらいいのかわからなくて、ぼくはいなりずしをもりもりほおばった。

実は、お母さんがおじいちゃんたちとぎくしゃくしているのは、相性の問題だけじゃない。それも叔父さんが教えてくれた。「玲にも関係なくはないし、知っとくべきだよな」と前置きして。

話は十年前にさかのぼる。

「姉ちゃんがひとりで子どもを産んで育てるって言い出したとき、お袋も親父もかなり心配してさ。実家に戻ってこい、って姉ちゃんに言ったんだ。妊婦が毎日遠くまで通勤するのは大変だし、とりあえず仕事もやめて、ゆっくり休んだらいいって。同居してれば子育ても手伝いやすいしな」

叔父さんは言った。

「ふたりとも、姉ちゃんのためを思ってすすめたんだよ。特に、お袋な。あの頃は姉ちゃん、今以上にがんがん働いてたし。だけど」

だけど、お母さんはおばあちゃんたちの提案を断った。

仕事をやめるなんて考えられない。わたしは自分の研究を愛しているし、誇りを持っている。育児と仕事を両立させている同僚もいる、大学と提携している保育所もある、がんばればなんとかなる、と言い張った。

ところが、おばあちゃんもおばあちゃんで譲らなかった。

「お袋も外で仕事をしながら、おれらを育てた。つまり経験者だな。だからこそ、苦労もわかってるってことなんだろ。ばあちゃんたちに手伝ってもらって、どうにかこうにか回ってたって言うんだ」

叔父さんはため息をついた。

「どっちも全然ひかなくて、ついにお袋がキレてさ。あんたひとりじゃやってけっこない、みたいなことを言い出して。育児がどんだけ大変かわかってない、母親になる覚悟が足りてないって」

修羅場を思い出したのか、ぶるんと体を震わせる。お母さんはともかく、あの穏やかなおばあちゃんがそこまで熱くなったなんて、信じられない。

「そんで、姉ちゃんもキレたんだよ。もう完全にけんか腰。わたしひとりでしっかり育ててみせます、お母さんたちには迷惑かけませんからご心配なく、って啖呵を切った」

「タンカ？」

「びしっと言ってやった、ってこと」

そうして言葉どおり、出産後も実家と距離を置いてきた。

「姉ちゃんらしいっちゃ、姉ちゃんらしいけど。そもそも、誰かに頼ったり甘えたりってのが下手だろ？　不器用っていうか、負けずぎらいっていうか、損な性分だよあれは」

そうかもしれない。うちのお母さんは、子ども会の当番も学校行事の準備も、どんなに忙しくても自力でやりとげたがる。よそのお母さんに助けてもらったときも、借りを返さなきゃ、と後で必ず埋めあわせをする。叔父さんが相手だと少しはましだけれど、それでも、ぼくを預けるときにはしつこくお礼を言っている。ぼくのお手伝いにも、いちいち「ありがとう」を忘れない。

「おれは最初、どっちかっていうとお袋よりも姉ちゃん寄りだったんだ。お袋の気持ちもわかるけど、強引すぎる気がして。姉ちゃんの性格からして、お前には無理だって一方的に決めつけられたら、むきになるに決まってんだろ」

けどな、と叔父さんは続けた。

「後から親父に聞いたら、話はもっとややこしかったらしい」

「もっと？」

もう十分ややこしい。ぼくはなんだか頭が痛くなってきた。

「あれだ、マリンちゃん事件だ」

「マリンちゃん？」

さらに頭がこんがらがる。

「姉ちゃんはそのときまで、お袋と親父になんにも話してなかった。子どもができたってことも、ひとりで産んで育てるってことも。でも、ばあちゃんとじいちゃんはもう全部知ってたんだ」

お母さんも、わざと内緒にするつもりはなかったらしい。ただ、いつどんなふうに切り出したらいいか、迷っていた。

「ぐずぐずしてたら、まんまとばあちゃんに気づかれたんだってよ。玲のひいばあちゃんな。お前は覚えてないか。いつもにこにこしてるんだけど、そういう鋭いとこもあるひとだったから」

なにか悩みごとでもあるの、とひいおばあちゃんから親身に気遣われて、お母さんは胸につかえていた秘密をつい打ち明けた。

「姉ちゃんは小さい頃から、じいちゃんばあちゃんになついてたしな。けど、すっ飛ばされたお袋にしてみたら、納得いかないわけ。なんで一番に相談してくれなかったんだって」

「カヤノソト？」

お母さんの頼りない鼻声が、ぼくの耳によみがえっていた。

「そう、それ。まあ複雑だよな、親心ってのは。姉ちゃんも母親になって、そのへんわかってきたんじゃないかって気もするけどね。ただ意地もあるだろ。で、微妙にこじれたまま今に至る、ってこと」

複雑すぎて、ぼくには意味不明だ。

「ぼくはどうしたらいいの？」

「別に、普通にしてな」

叔父さんがにっこりした。

「玲がいてくれるだけで、空気が和むし。孫はかすがい、だな」

「カスガイってなに？」

叔父さんはかすがいの画像をネットで検索してくれた。話の流れからして、すごくいい感じのものかと期待していたのに、ただの釘だった。がっかりした。

はっとまぶたを開けると、見慣れない天井が目に入った。

しばらくの間、ぼくはぼうっと横になっていた。いろんなひとの顔が、順に浮かんでは消える。おばあちゃんとおじいちゃん、お母さんに叔父さん、マリンちゃんも。ベッドの上でごろごろしているうちに寝てしまったようだ。

えいっとはずみをつけて、体を起こす。のどがかわいた。なにか飲みものをもらおう。冷蔵庫のジュースやお茶は自由に飲んでね、とおばあちゃんは言ってくれていた。ベッドから降り、ドアを開け、廊下に足を踏み出し——そこで、目の前に出現した黒い壁にぶつかりそうになった。

ひゃっ、と変な声が出た。反射的に後ずさる。

壁じゃなくて、ひいおじいちゃんだった。膝まである黒いコートを着こみ、あたたかそうなマフラーを巻いて、頭には帽子もかぶっている。

ひいおじいちゃんが、しかもこんな格好で、ぼくになんの用だろうと思ったけれど、よく見たら背後の襖が開いていた。たまたまぼくと同じタイミングで、向かいの和室から出てきたらしい。

アパートでもこういう偶然はときどき起きる。玄関のドアを開けたらお隣さんも出かけるところだったとか、集合ポストの前で誰かと鉢あわせするとか。ぼくはまごついてしまって、お母さんみたいにきびきび挨拶できない。向こうもぼくと同じタイプだと、そっと目をそらして無言ですれ違うこともある。

ひいおじいちゃんも、黙っている。ただし目はそらさない。ぼくがなにか言うのを待っているかのように、こっちを見下ろしている。

「どこか行くんですか?」

とりあえず、質問してみた。ひとりでに丁寧な言葉遣いになっていた。

「はい。ちょっと散歩に」

ひいおじいちゃんは答え、思いついたようにつけ足した。

「あなたも来ますか?」

なにを言われたのか、一瞬のみこめなかった。

あなた、と呼ばれたのは、生まれてはじめてだ。誘われたのも、意外だった。ひいおじいちゃんが自分からひ孫にかかわりあおうとするなんて、これもはじめてのことだ。

ぼくの返事を待たずに、ひいおじいちゃんはすたすたと玄関へ向かった。ぼくも自分のダウンジャケットをつかんで、小走りについていく。

「お義父さん、お出かけですか？　まあ、玲くんも一緒？」

台所から出てきたおばあちゃんが、玄関で見送ってくれた。ひいおじいちゃんがドアを開け、ぼくも後に続く。

このままおもての道に出るつもりでいたら、ひいおじいちゃんは門の手前で急ブレーキをかけるように立ちどまった。衝突しそうになって、ぼくはよろめいた。

ひいおじいちゃんは腕組みして空を眺めていた。

「降ってくるな、これは」

つぶやくなり、くるりと回れ右をした。ぼくの横をすり抜け、さっさと家の中へ引き返していく。

雨が降りそうだから散歩はやめるのだろうか。確かに雲は多い。でも、空はわりと明るい。今すぐ降り出しそうな気配でもないけれど、ひいおじいちゃんは専門家だから、なにか気になるところがあったのかもしれない。

ぼくが振り向くと、ひいおじいちゃんは靴箱の戸に手をかけていた。

ひいおじいちゃんが深緑色の長靴を取り出したのを見て、ぼくもようやく納得した。お母さんも、同じことをする。出かける前にいったんアパートの外廊下に出て、真剣な目で空模様を見きわめ、傘を持っていくかどうか、どの靴をはくべきかを決める。ぼくにも「今日は長靴にしなさい」とか「学校に置き傘はある？」とか声をかけてくる。

ひいおじいちゃんはてきぱきと革靴を脱いで、長靴にはきかえた。それから、ぼくの足もとに目を落とした。

「あ、ぼくは大丈夫です」

ぼくは先回りして言った。このスニーカーは古いし、かなり汚れている。ちょっとくらい濡れたって平気だ。

が、ひいおじいちゃんは黙って首を振った。はいたばかりの長靴を脱ぎ、ぼくを玄関に待たせて家に上がって、まもなく大きなひらたい箱を抱えて戻ってきた。

「どうぞ」

中身は、青い長靴だった。

新品のようだ。片足にタグがついている。様子を見にきたおばあちゃんが、はさみで切ってくれた。サイズは二十二センチと書いてある。ぼくの足は二十一・五だから、少し大きすぎるかもしれない。

「はいてみて下さい」

ひいおじいちゃんにすすめられ、ぼくは長靴に足を入れた。

「お義父さん、この長靴って……」

「スミが入院する直前に買いました。家に戻ったら使うつもりで」

「玲くんにはいてもらえたら、お義母さんも喜ぶでしょうね」

おばあちゃんとひいおじいちゃんがぼそぼそと話している。ぼくは試しにそのへんを何歩か歩いてみた。かぽかぽとまぬけな音がする。やっぱりゆるいけど、脱げてしまうほどじゃない。

おばあちゃんが胸の前で手を合わせ、ぼくにうなずきかけた。

「よく似合うわ」


長靴をはき、傘を片手に持って、ぼくとひいおじいちゃんは並んで歩いた。坂を下り、駅前の商店街を過ぎ、広々とした公園をぐるっと一周した。

ひいおじいちゃんはほとんど喋らなかった。なにか話しかけたほうがいいかなとも思ったけれど、慣れてしまえばそんなに気まずくなかった。横並びだと目が合わないからかもしれない。知らない町の景色はもの珍しくて、たいくつもしなかった。うちの近所では見たことのない、黄色っぽい羽のかわいい小鳥も発見した。

ひいおじいちゃんの天気予報は正しかった。公園を出てすぐ、ぽつぽつと雨が降り出した。

「少し休憩しましょうか」

ひいおじいちゃんの意見にぼくも賛成した。おばあちゃんが長靴の爪先に詰めものをしてくれて、試しばきしたときよりぐっと歩きやすくなったとはいえ、足がくたびれてきた。それに寒い。

商店街まで戻り、古めかしい喫茶店に入った。ひいおじいちゃんがドアを押し開ける。ちりん、とベルが鳴った。

店内にはコーヒーのにおいがほんのり漂っている。お客さんは誰もいない。薄暗くて静かで、ぼくの知っている食べもの屋さんとはまったく雰囲気が違う。たまにお母さんと行くファミレスとも、叔父さんが連れていってくれるファストフード店とも。

「いらっしゃいませ。お好きな席にどうぞ」

白髪頭の店員さんがしゃがれ声で言った。ひいおじいちゃんは迷わず窓際のテーブル席に寄っていった。向かいあわせに置かれたふたりがけのソファに、ひとりずつ座る。

ひいおじいちゃんはブレンドコーヒー、ぼくはココアを頼んだ。注文を終えるとひいおじいちゃんは手もとにメモ帳を広げた。庭でも持っていたやつだ。また同じように、細かい字を熱心に書きこんでいる。ぼくのほうは、やることもないので外を眺めた。窓ガラスは濡れていない。ひさしが張り出しているせいだろう。壁との境目、春にはツバメが巣を作りそうな隅っこに、なぜか黄色いボールがひっかかっている。

そのボールがぴくりと動いたので、あっと声を上げかけた。

よく見たら、ボールじゃない。鳥だ。公園にいたのと同じ種類だろうか。雨宿りしているのかもしれない。

十分ほどで、コーヒーとココアが運ばれてきた。ひいおじいちゃんがメモ帳を閉じてテーブルの端に押しやった。小鳥に気をとられていたぼくも、まっすぐに座り直した。

大きめのカップにたっぷり注がれたココアは、どろりと濃くて熱い。ふうふう息を吹きかけ、少しずつ飲む。体がぽかぽかとあたたまってくる。ひいおじいちゃんもコーヒーをちびちびと飲んでいる。ミルクも砂糖も入れていない真っ黒な液体は、いかにも苦そうだ。

ぼくがちらちらと小鳥のほうを気にしていたら、ひいおじいちゃんも首をめぐらせて、ひさしを見上げた。

「鳥ですね」

軽く身を乗り出し、窓に顔を近づける。

「ああそうか、あなたは恐竜が好きなんでしたっけ」

いきなり言われて、ぼくはびっくりした。

そういえば昼ごはんのとき、そんな話をした。ひいおじいちゃんは聞いているふうに見えなかったのに、耳に入っていたのだろうか。それにしても、頭の中で鳥と恐竜がすんなりとつながるなんて、さすがだ。

小鳥に視線を向けたまま、ひいおじいちゃんはひとりごとのように続けた。

「どうして鳥類だけが生き延びられたんでしょうね」

ぼくが調べた限り、その理由はいまだに解明されていないようだ。

白亜紀の終わりに恐竜を含めて多くの生物が絶滅したのは、巨大な隕石が落ちてきて地球がめちゃくちゃになってしまったためだと考えられている。火事や津波が起き、衝撃によって巻きあがった塵で日光もさえぎられた。地上の植物が枯れ、動物も死に、恐竜たちは食べるものに困るようになった。

鳥は飛ぶことができたおかげで有利だったという説がある。少しでも環境のいい場所に移動してえさを探せる。くちばしがあるので、食糧が足りない中でも、かろうじて残った種なんかを食べてしのげたのではないかという説もある。陸地より被害はましだったはずの海で、水にもぐって魚をつかまえていたという説もある。

考えこむように腕を組んでいるひいおじいちゃんに、ぼくはたずねてみた。

「どうしてだと思いますか？」

こんなところでこんなことを話せるなんて思ってもみなかったから、うれしい。

ぼくがいつもいつも恐竜の話をしているせいか、最近はお母さんも叔父さんもちょっと飽きてきたようで、反応が鈍いのだ。ひいおじいちゃんは「立派な学者さん」だし、ぼくの知らない新しい仮説を教えてくれるかもしれない。

わくわくして返事を待っていたら、ひいおじいちゃんはのんびりと答えた。

「さあ、どうしてでしょうねえ」

お母さんがよくやるみたいに、ぼくに自力で考えさせようとしているわけでも、叔父さんがときどきやるみたいに、ぼくをじらして話を盛りあげようとしているわけでもなさそうだった。ぼくの落胆が伝わったのか、

「不勉強で面目ない。わたしはどうも、生物には疎くて」

と、ひいおじいちゃんは謝った。

「しかし、中生代の末というのは、非常に興味深い時代ですね。そこで地球全体の気候ががらっと変わってしまったことは、ほぼ間違いない」

自分で言って、自分でうんうんとうなずいている。ひいおじいちゃんにとって「興味深い」のは、恐竜じゃなくて気候の変化なのだ。

しばらく会話がとぎれた。ぼくはココアを飲みながら恐竜のことを考えていた。ひいおじいちゃんはコーヒーを飲みながら、たぶん気候のことを考えていたはずだ。

カップを置き、メモ帳を手もとに引き寄せる。

「中生代の気候変動……」

新しいページに文字を書きつけている。

「なぜ鳥類は、環境の激変に順応できたのか……」

ひいおじいちゃんがメモ帳を閉じるのを待って、ぼくは聞いてみた。

「それ、いつも持ち歩いてるんですか？」

「はい。書きとめておくと、忘れないでしょう。思いついたことや、気になったことや、後で調べるべきことや」

ひいおじいちゃんは指を追って数えあげた。

「それに、書くこと自体が、頭の整理にもなります」

「ああ、お母さんもそう言います」

もしや、お母さんがひいおじいちゃんからそう教わったんだろうか。

「あなたのお母さんは、たくさん書くでしょうね」

ひいおじいちゃんがふっと微笑んだ。目尻が下がると、おじいちゃんにちょっとだけ似ている。考えてみれば、笑ったところをこれまであんまり見たことがなかった。

「とても勉強熱心だから」

ひいおじいちゃんは真顔に戻ってつけ足した。自分がほめられたわけじゃないのに、なぜだか照れくさくなってきて、ぼくは口ごもった。

「ええと、そういう、ちゃんとしたメモ帳じゃないけど……チラシとか、いらない紙の裏とかに……」

　ひいおじいちゃんがぼくをじっと見た。

「あなたも？」

「え？」

「あなたも、書いてますか？」

　はい、とできれば答えたかった。ひいおじいちゃんの笑顔をまた見たかった。でも、うそをつくわけにもいかない。

「ううん、あんまり」

　ぼくは正直に答えた。

　ひいおじいちゃんがほんの少し眉を寄せた。表情がほとんど変わらないので、なにを考えているのかよくわからないと思っていたけれど、注意深く観察すればそうでもないかもしれない。

「書いても、なくしちゃったりするから」

　ぼくが言い訳すると、ふうむ、とひいおじいちゃんは相槌とため息の中間のような声をもらした。再びメモ帳を開き、ぱらぱらとページをめくっている。

　言い訳っぽい、とひいおじいちゃんもあきれたのだろうか。それとも、またなにか新しい考えがひらめいて、そっちに気をとられているのか。ぼくはぬるくなったココアを飲み干し、ひさしのほうを見上げた。いつのまにか小鳥はいなくなっていた。

喫茶店を出たら、雨は小降りになっていた。

「ちょっと寄っていってもいいですか」

商店街の途中で、ひいおじいちゃんが足をとめた。

これまた古そうな、こぢんまりとした文房具屋さんだった。ひいおじいちゃんについて、ぼくも中に入った。狭い。こまごました商品が店中にごちゃごちゃと置かれているせいで、よけいに狭く感じるのかもしれない。

ぼくがきょろきょろしているうちに、ひいおじいちゃんは奥のほうへずんずん進んでいった。棚に並んだ、いろんな種類のノートの中から、今使っているのと同じメモ帳を手にとる。新しいものを買っておくのだろう。毎日あの勢いで書きまくっていたら、あっというまに使いきってしまいそうだ。

お会計をすませて、おもてに出た。軒先で傘を開こうとしているぼくに、ひいおじいちゃんが受けとったばかりの四角い包みを差し出した。

「これを、あなたに」

「へっ？」

ぼくはぽかんとした。

「これなら、なくさないでしょう」

ひいおじいちゃんはきっぱりと言い、ぼくの手に包みをぐいと押しつけた。

「自分の頭で考えたことは、あなたの財産です。残しておかないともったいない」

夕ごはんは、すき焼きだった。

昼と同じでおじいちゃんとおばあちゃんが隣どうしに座り、向かいにぼくとひいおじいちゃんが並んだ。テーブルの真ん中に置いたカセットコンロの上に、黒く光る鉄鍋がでんとのっている。

「いただきます」

四人で手を合わせ、まずは取り皿に卵を割り入れた。めいめい自分の分をかきまぜていると、「そうだ、父さん」とおじいちゃんが言った。

「今日も電話に出なかっただろ。散歩のとき」

卵が足りなくなりそうだったから、買ってくるように頼みたかったらしい。何度かけてもつながらず、結局おじいちゃんが買いに走ったそうだ。

「スマホ、また家に置いてったの？　それとも、気づかなかっただけ？」

「ああ、うん」

「置いてったんだね？」

おじいちゃんが口をとがらせる。鍋に牛肉を入れながら、おばあちゃんも口を挟んだ。

「お出かけのときには、なるべく持ち歩いて下さいね。いざってときに連絡がつかないと困りますから」

「ああ、うん」

卵を念入りにかきまぜる手を休めずに、ひいおじいちゃんは答えた。明らかに気持ちがこもっていない。聞いてないな、とおじいちゃんが不服そうにぼやき、

「玲も一緒に行ったんだって？　雨の中、ごくろうさん」

と、ぼくに話を振った。

「あれが父さんにとっちゃ、絶好のお出かけ日和なんだよ。あんまり晴れてるとつまんないらしい。変わってるだろ」

ぼくとひいおじいちゃんをかわりばんこに見て、にやっと笑う。

「な、父さん。雲が多いほどいいんだよな？」

「多けりゃいいってもんでもない」

ひいおじいちゃんがめんどくさそうに答えた。

「はあ、そりゃ奥が深いね」

おじいちゃんが首をすくめ、正面に向き直った。ひとまずひきさがることにしたようだ。じゅうじゅうとにぎやかな音を立てている鍋から肉をひときれつまんで、目の前にかざす。

「そろそろ、いいんじゃないか」

「いけそうね」

おばあちゃんも鍋をのぞきこんだ。ひいおじいちゃんとぼくの取り皿に、香ばしく色づいた肉を一枚ずつ放りこむ。

「ちょっとおなかを空けておいてね、お赤飯もあるの。今日は立春だから」

「玲、立春って知ってるか？」

おじいちゃんが言った。

「うん。一年のはじまりだよね？」

「お、よく知ってるな。若いのに」

「お母さんが教えてくれたから」

おばあちゃんとおじいちゃんが、ちらっと目を見かわした。

「うちでは毎年お祝いしてるのよ。昔から、すき焼きとお赤飯を食べる決まりでね」

「うちは、焼肉を食べに行くよ」

ぼくは甘辛い肉をかじった。やわらかくて、おいしい。

「立春に？」

「うん、当日じゃないけど。二月のはじめのほうの、土曜か日曜に」

近所の焼肉屋さんで、満腹になるまで食べまくる。叔父さんが一緒の年も、ふたりだけの年もある。どっちにしてもお母さんはじゃんじゃん注文する。食べきれないんじゃないかとぼくが言っても、聞き入れない。日頃は慎重なわりに、ときたま強気になるのだ。お店を出るときには、立ちあがるのがしんどいくらいにおなかが重たくなっている。

お祝いなんだからぱあっといかなきゃ、というのがお母さんの言い分で、それでぼくも立春の由来を知ったのだった。

「そう……焼肉……」

おばあちゃんが目をふせた。

ぼくはひやりとした。よけいなことを言っただろうか。長年守ってきたルールを勝手に変えられて、気を悪くしたかもしれない。

「あの、ごめんなさい。ほんとはすき焼きを食べるんだって、ぼく知らなくて」

言ってしまってから、まずい、とまたもやあせる。これじゃ理由になってない。ぼくが知らなくたって、お母さんはちゃんと知っていたはずだ。

顔がひりひり熱い。どうしたらいいのかわからなくなって、取り皿の底に沈んだ肉のかけらをお箸でつつく。うちにはすき焼き鍋もない、というのは言い訳になるだろうかと考えていたら、

「いいでしょう、どっちでも」

と、ひいおじいちゃんがぼそりと言った。

「どっちも、肉だ」

「だな」

おじいちゃんがぷっとふきだした。

「大事なのは、祝おうっていう気持ちだもんな?」

テーブルの上でおばあちゃんの手に自分の手を重ねたのが、ぼくからも見えた。うつむいていたおばあちゃんが顔を上げ、ぼくににっこり笑いかけた。

「成美も……お母さんも、忘れないでお祝いしてくれてたのね」

「そもそもうちだって、全部が全部、昔のままってわけでもないしな」

おじいちゃんが言う。以前は、お年玉がわりにプレゼントをあげるという習慣もあったそうだ。うらやましい。

「年寄りだけじゃ、どうもなあ。クリスマスなんかも、子どもらが小さい頃は気合が入ったもんだけど」

「ね。だけど今年は、玲くんになにか用意しておけばよかった」

「ああ、そうだな。ごめんな、気が回らなくて」

「いいよ」

ぼくはあわてて首を横に振った。

「ひいおじいちゃんに、メモ帳を買ってもらったし」

「へえ、父さんが?」

ひいおじいちゃんはもぐもぐと口を動かしつつ、浅くうなずいた。口の中に食べものが入っているせいで返事ができないのかと思ったら、また次の肉をほおばっている。特に説明する気はないようだ。

「あと、長靴も」

さっき家に帰ってきて、玄関で長靴を脱いでいるときに、「よかったら、これからも使って下さい」とひいおじいちゃんが言ってくれたのだった。

「持って帰ってもいいし、とりあえずここに置いておいてもいいし」

少し考えて、ぼくは答えた。

「じゃあ、置いときます」

うちにはぴったりのサイズの長靴が一足ある。それに、ここに置いておけば、次に来たときもまたこれをはいてひいおじいちゃんと散歩ができるだろう。

左右をそろえ、ひいおじいちゃんをまねて、靴箱の手前に置いてみた。大きな深緑と、小さめの青。並んだ二足は、サイズのせいか親子っぽく見えた。

「長靴？　玲に？」

おじいちゃんが首をかしげたとき、どこかで聞き慣れない電子音が響き出した。

「あら、電話」

おばあちゃんが立ちあがった。壁際の棚に置かれた電話機のボタンが、ちかちか点滅していた。

電話をとったおばあちゃんは、こっちを振り向いた。

「玲くん、お母さんよ」

ぼくが受話器を耳にあてるなり、お母さんはせかせかと言った。

「玲、大丈夫？」

「大丈夫だよ」

「そう、よかった」

ふうっと息を吐く音が、耳もとに吹きかけられた。

「電話、どうして出ないの。何度もかけたのに」

「あ」

リュックに入れたまま、部屋に置きっぱなしだ。

「ごめん、忘れてた」

「まあ、そんなことだろうと思ったけど。どう、そっちは？　順調？」

「うん。順調」

昼間と同じ返事が、昼間よりも自然に、口から出た。すぐそばに立っているおばあちゃんと目が合った。

「おばあちゃんにかわるね」

お母さんがなにか言う前に、ぼくは急いで受話器を引き渡した。

「もしもし？」

おばあちゃんは両手で受話器をぎゅっと握りしめている。

「うん、いい子にしてる……ううん、とんでもない……」

おじいちゃんも席を立って、ぼくたちのほうにいそいそと寄ってきた。片手でおばあちゃんのひじをつつき、もう片方の手で自分の胸を指さしている。

「ちょうどすき焼きを食べてたところ……そうそう、立春だから」

ぼくは食卓に戻った。ひとり残ったひいおじいちゃんが、おかわりをよそっている。豆腐やねぎはよけて、牛肉だけを器用につまみあげていく。迷いのない手つきを見ていたら、ぼくも急に食欲がわいてきた。よく考えたら、まだそんなに食べてない。

お箸をとり直したぼくに、ひいおじいちゃんが突然言った。

「今度、あなたのお母さんも連れていらっしゃい」

「ぼくが？」

聞き返したのは、逆じゃないかと思ったからだ。ぼくが、お母さんを連れてくる？お母さんが、ぼくを連れてくるんじゃなくて？

「はい。あなたが」

ひいおじいちゃんはまじめな顔で即答した。ぼくもつられて、まじめに答えた。

「わかりました。連れてきます」

「よろしく頼みます」

後でメモ帳に書いておこう。お母さんに話したいことがいっぱいあるから、うっかり忘れてしまわないように。

おばあちゃんがほがらかな笑い声を上げた。おじいちゃんは受話器の反対側に耳をぐっつけて、会話を聞きとろうとしている。ぼくはお尻を浮かせて鍋をのぞいた。あたたかい湯気で、おでことほっぺたがじんわりと汗ばんだ。

ふと、ひいおじいちゃんが立ちあがった。窓辺に近づき、真っ白く曇ったガラス戸をゆっくりと開け放つ。

涼しい風がさあっと吹きこんできた。すっきりと澄んだ冷たい空気を、ぼくは胸いっぱいに吸いこんだ。雨はもう上がったようだ。ひいおじいちゃんの頭上に広がる夜空に、細い月が静かに光っている。

解説

北上次郎

いいなあ、これ。時間がゆったりと流れていくのだ。

たとえば、「一九七五年　処暑」と題された二番目の章は、家庭教師光野昇の側からある家庭を描く章だ。この「家庭」こそ、本書の中心となっている藤巻家である。中学三年の和也は「タワーリング・インフェルノ、先生も観た？」と屈託なく話しかけてくる少年だが、勉学にはそれほど熱心ではない。あの教授の息子なのに勉強が嫌いとは信じられない、と光野昇は思う。

光野は藤巻教授の教え子なので、研究一筋の父親の変人ぶりをよく知っているのだ。気象学の教授である藤巻昭彦は、朝起きたらまず空を観察するのが日課で、晴れていれば庭に出て、雨の日には窓越しに、とっくりと眺める。一つのことを思いつくと自分の考えに夢中になって、他のことを忘れてしまうのもこの教授の特徴だ。息子の和也の空の絵はうまい、と母親が言い、珍しく藤巻教授も「あれはなかなかたいしたものだよ」と言うので、和也が絵を部屋に取りにいったことがある。その息子が戻ってくる前に、超音波風速温度計の話が出ると、この教授、息子のことはさっぱり忘れてその話に夢中になり、和也が絵を持って戻ってきても、その絵を見ようともしない。はらはらしながら光野昇はこの父子を見ている。

その間、光野昇の生い立ちが短く語られることもここに並べておく。彼の家は父親が働かず、パチンコ屋と競馬場に出入りするような男であったので、家計は母親が支えていた。その父が出奔し、中学を出たら自分が働くしかないと考えていたら、母の再婚相手が現れて、高校に行きなさいと言う。そのおかげで教育を受けることが出来ていまがあると思うと義父には感謝している。しかし、善良な人であったと思うが、最後まで義父に馴染めなかった。そういうわき筋のドラマがさりげなくメインを支えていることにも留意。

藤巻家で花火をすることになったとき、藤巻教授がすいと手を伸ばしてもっとも長い花火を4本つかみ、皆に一本ずつ手渡す光景がこの章の最後に出てくる。「花火奉行なんだ」と和也が昇の耳元で囁く。これに続くラスト5行がいい。

僕と奥さんも火をもらった。四本の花火で、真っ暗だった庭がほのかに明るんでいる。昼間はあんなに暑かったのに、夜風はめっきり涼しい。虫がさかんに鳴いている。

ゆるやかな放物線を描いて、火花が地面に降り注ぐ。軽やかにはじける光を神妙に見つめる父と息子の横顔は、よく似ている。

　どうということもない花火の光景だが、妙に胸に残るのは、作者がその光景を描くだけで、ぽんと突き放しているからだろう。そのために、この光景がくっきりと残り続ける。

　本書『博士の長靴』は、一九五八年から二〇二二年までの藤巻家を、六つの短編を積み重ねて描く連作小説である。語り手は、藤巻家の隣に住む主婦を始め、次々に入れ代わっていくが、その語り手の日々を描くなかに、藤巻家の人間の変化がさりげなく語られたりする。たとえば、光野昇は「二〇一〇年　穀雨」という章にふたたび登場している。この章の語り手は、役所の防災課に勤務する榎本で、気象の専門家として登場するのが、光野昇だ。「一九七五年　処暑」から三五年も経っているので、もう教授になっている。助手として連れているのは、藤巻和也の娘。彼女が中学生のときに父親の浮気が発覚し（ちなみに和也は画家になっている）、それ以来、父親との仲は気まずくなっているが、それを除けば、家族との関係は良好である。母と弟と、父方の祖父母と同居。この祖父が藤巻昭彦で、和也の娘は祖父に憧れて気象学を志したという。この章は、役所の防災課に勤務する榎本の生活と意見が中心の章ではあるのだが、こうしてさりげなく藤巻家の動静が描かれているから、目を離せない。

ちなみに「穀雨」というのは、二十四節気の一つで、四月二十日ごろ。この時期に雨が降ると穀物を育ててくれる、という意味である。藤巻家では二十四節気のそれぞれに決まりごとがあり、それをずっと守っている。たとえば立春にはすき焼きと赤飯を食べるのが藤巻家の習慣だ。その習慣をずっと守っているというのは、この一族ならではの絆といっていい。もっとも、時代が下るとすき焼きではなく、焼肉を食べに行ったりして、その話を聞くと一族の老人のなかには面白くないと思う者もいたりする。しかしいちばんの長老は（冒頭に出てきた藤巻昭彦だ）、「どっちも、肉だ」と言うのだ。

この最後の「二〇二二年　立春」は、和也の娘が未婚の母となり、その仕事の関係で幼い息子玲の面倒を見ることが出来ず、父和也の家に預ける一編だが、「ひいおじいちゃん」（つまり、藤巻昭彦だ）と玲が、雨上がりの空を見上げるラストシーンが余韻たっぷりで美しい。ここでも時間がゆったりと流れている。

（書評家）

※ウェブアスタ2022年3月号より転載

藤巻博士一家とともに楽しむ

二十四節気

二十四節気とは、春夏秋冬をそれぞれ6つに分け、季節を表す名前をつけたものです。二十四節気に合わせて藤巻家が家族で行う行事を紹介します。

小寒［しょうかん］
1月6日頃

本格的な寒さを迎える頃。

●ビーフシチュウを食べる。

大寒［だいかん］
1月20日頃

一年でもっとも寒さの厳しい頃。

●ジョギングなどの寒稽古をする。

立春［りっしゅん］
2月4日頃

春の始まりであり、一年の始まり。

●すき焼き、お赤飯を食べて、お互いに贈りものをする。

雨水［うすい］
2月19日頃

雪や氷が解けて水になり、雪が雨に変わる頃。

●お雛様を出す。

啓蟄［けいちつ］
3月5日頃

土の中で冬ごもりしていた虫たちが出てくる頃。

●釣りをする。

春分［しゅんぶん］
3月20日頃

昼と夜の長さがほぼ同じになる頃。

●新年度に向けて、靴を磨く。

清明［せいめい］
4月4日頃

すべての物事が清く明らかになっている頃。

●大掃除をする。

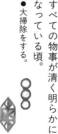

穀雨

[こくう] 4月19日頃

春の雨が田畑を潤し、穀物の成長を助ける頃。

●てるてる坊主をさかさにつるして雨乞いし、雨が降ったら浴びる。

立夏

[りっか] 5月5日頃

野山に新緑が増え、夏の気配が感じられる頃。

●新茶をのむ。

小満

[しょうまん] 5月20日頃

草木が成長して生い茂る頃。

●ソラマメを食べる。

芒種

[ぼうしゅ] 6月5日頃

稲や麦などの種をまく頃。

●ヒマワリの種をまく。

夏至

[げし] 6月21日頃

一年で昼の長さがもっとも長くなる頃。

●早起きして日の出を見る。

小暑

[しょうしょ] 7月6日頃

梅雨明けが近く暑さが増しはじめる頃。

●短冊に願いごとを書く。

大暑

[たいしょ] 7月22日頃

夏の暑さが本格的になる頃。

●かき氷を食べる。

立秋

[りっしゅう] 8月7日頃

暑さは続くが、秋の気配を感じる頃。

●お盆に備え、仏壇の大掃除をする。

処暑

[しょしょ] 8月22日頃

暑さが和らぎ、台風シーズンになる頃。

●花火をする。

白露

〔はくろ〕9月7日頃

明け方、草花に白露が宿り、秋が深まる頃。

●真珠を身につける。

秋分

〔しゅうぶん〕9月22日頃

昼と夜の長さがほぼ同じになる頃。

●おはぎを作る。

寒露

〔かんろ〕10月8日頃

草木に冷たい露が宿り寒さを感じる頃。

●庭で焚き火をする。

霜降

〔そうこう〕10月23日頃

早朝に霜が降りはじめる頃。

●こたつを出す。

立冬

〔りっとう〕11月7日頃

木枯らしが吹き、冬の気配を感じる頃。

●水仙を飾る。

小雪

〔しょうせつ〕11月22日頃

木々の葉が落ち、遠くの山々には初雪が降りはじめる頃。

●新嘗祭にちなみ、塩おにぎりを食べて新米を味わう。

大雪

〔たいせつ〕12月7日頃

寒さもだんだん厳しくなり、雪が多くなる頃。

●針供養にちなんで、裁縫道具の手入れをする。

冬至

〔とうじ〕12月21日頃

一年で夜の長さがもっとも長くなる頃。

●長い夜に、星を見る。

本書は二〇二二年三月にポプラ社より刊行されました。
言葉遣いは各話の時代背景に鑑みて、当時のままの言葉を使用しています。

博士の長靴

滝羽麻子

2025年1月5日　第1刷発行

発行者　加藤裕樹
発行所　株式会社ポプラ社
〒141-8210　東京都品川区西五反田3-5-8
JR目黒MARCビル12階
ホームページ　www.poplar.co.jp
フォーマットデザイン　bookwall
組版・校正　株式会社鷗来堂
印刷・製本　中央精版印刷株式会社

©Asako Takiwa 2025　Printed in Japan
N.D.C.913/263p/15cm　ISBN978-4-591-18502-5

落丁・乱丁本はお取り替えいたします。
ホームページ（www.poplar.co.jp）のお問い合わせ一覧よりご連絡ください。

本書のコピー、スキャン、デジタル化等の無断複製は著作権法上での例外を除き禁じられています。
本書を代行業者等の第三者に依頼してスキャンやデジタル化することは、たとえ個人や家庭内での利用であっても著作権法上認められておりません。

みなさまからの感想をお待ちしております
本の感想やご意見をぜひお寄せください。
いただいた感想は著者にお伝えいたします。
ご協力いただいた方には、ポプラ社からの新刊やイベント情報など、最新情報のご案内をお送りします。

P8101508